21世纪生物科学基础课系列实验教材

生物化学实验技术

王林嵩　主编

科学出版社
北京

内 容 简 介

全书共分四部分，包括35个实验。基础实验部分重在基本实验技能的培训；综合实验部分着重实验原理的应用和分析能力的提高。这两部分涵盖了与生物化学理论相适应的生物化学实验内容和技术，包括糖、脂、蛋白质、核酸、酶、维生素的分离、纯化、定性或定量分析、功能和代谢的研究等。设计性实验部分在前两部分的基础上给学生一个独立实验的空间，着重培养学生的独立科研能力。附录介绍了生物化学实验室守则、实验报告书写、常用实验室操作规范、试剂的配制和一些生物化学常用数据。

本书可作为普通高等院校生命科学专业本、专科及农学、食品、生物技术各专业的教材，也可作为中学生物教师的参考用书。

图书在版编目(CIP)数据

生物化学实验技术/王林嵩主编. —北京：科学出版社，2007
(21世纪生物科学基础课系列实验教材)
ISBN 978-7-03-019834-1

Ⅰ.生… Ⅱ.王… Ⅲ.生物化学-实验-高等学校-教材 Ⅳ.Q5-33

中国版本图书馆CIP数据核字(2007)第134946号

责任编辑：王国栋 彭克里 刘 晶 / 责任校对：刘小梅
责任印制：张克忠 / 封面设计：耕者设计工作室

科学出版社 出版
北京东黄城根北街16号
邮政编码：100717
http://www.sciencep.com

北京市文林印务有限公司印刷
科学出版社发行 各地新华书店经销
*
2007年9月第 一 版 开本：B5(720×1000)
2008年5月第二次印刷 印张：12
印数：4 001—6 000 字数：228 000

定价：18.00元

《生物化学实验技术》编写人员

主　编： 王林嵩（河南师范大学）

副主编： 毛慧玲（南昌大学）

祁元明（郑州大学）

朱　笃（江西师范大学）

编　者：（以作者姓氏笔画为序）

王　丽（河南师范大学）

王　琳（河南师范大学）

李成伟（商丘师范学院）

胡炳义（周口师范学院）

施军琼（河南师范大学）

梁子安（南阳师范学院）

靳同霞（河南师范大学）

前　言

生物学是一门对实验技术依赖性很强的学科。生物技术的任何一项发明创造，都推动和伴随着生物学基础理论的进一步发展。20 世纪中期的生物学已经进入分子生物学水平，这是与生物化学技术和方法的迅猛发展分不开的。有关的生物化学实验教学用书有很多，但若是从适合于地方性普通高等院校教学的角度来说，找一本合适的教材并不容易，不同学校其设备条件、师资力量和学生情况均不相同，教学要求也有差异。为此，我们在参考兄弟院校实验教材的基础上，根据我们多年的教学经验，结合教学改革的要求，编写了这本教材。

本书的特点是力求全面培养学生的实验技能，使其能正确地理解实验原理，较好地掌握生物化学实验技术和方法。本书适应新的实验教学体系，实验内容少而精，既适合普通高等院校生物化学实验教学，又能留给老师和学生一定的发挥空间。同时，它不仅是一本教材，也可作为实验记录。在内容的安排上，基础性实验和综合性实验包括普通生物化学各章节相应的实验，设计性实验仅涵盖部分章节内容，重点在于创新能力的培养，既有前沿性，又有实用性。附录介绍了生物化学实验室守则、实验报告书写、常用实验室操作规范、试剂的配制和一些生物化学常用数据。每一实验后的“思考题”，有助于学生在实验前后进行思考和总结提高。

本书的编写是采用集体讨论，分别持笔的方式，主编负责全书的通稿和安排，其中施军琼编写实验一至实验九，胡炳义编写实验十三至实验十八，王丽编写实验二十至实验二十一，王琳、靳同霞编写实验二十二至实验三十一和附录。鉴于我们的水平，缺点和错误是难免的，欢迎批评指正。

目　录

第一部分　基础性实验

第二部分　综合性实验

第三部分　设计性实验

第一部分　基础性实验

实验一　蛋白质及氨基酸的颜色反应

【实验目的】

学习和了解常用的几种鉴定蛋白质与氨基酸的方法。进一步认识氨基酸是蛋白质的基本组成单位这一概念。

一、米伦氏反应（Millon reaction）

【实验原理】

米伦试剂为硝酸、亚硝酸、硝酸汞和亚硝酸汞的混合物，能与苯酚及某些二羟苯衍生物起颜色反应。

最初产生的有色物质可能是羟苯基亚硝基衍生物，经变位作用变成颜色更深的邻醌肟，最终成为具有稳定红色的产物，此红色产物的结构尚不了解。组成蛋白质的氨基酸只有酪氨酸是羟苯衍生物，因此具有该反应的即证明有酪氨酸的存在。

【操作步骤】

（1）苯酚实验：取0.5%苯酚溶液1ml于试管中，加米伦试剂约0.5ml，小心加热，溶液即出现玫瑰红色。

（2）蛋白质溶液实验：取2ml蛋白质溶液，加0.5ml米伦试剂，此时出现蛋白质的沉淀（因试剂含汞盐和硝酸）。小心加热，凝固的蛋白质出现红色。

二、双缩脲反应（biurea reaction）

【实验原理】

双缩脲反应是指在碱性条件下，双缩脲与二价铜离子作用，生成紫红色络合物的反应。当加热至 180℃左右时，两分子尿素缩合脱去一分子氨，生成双缩脲。在肽和蛋白质分子中具有肽键，其结构与双缩脲类似，也能发生该反应，生成蓝紫色或紫红色的络合物。该反应常用于蛋白质的定性或定量测定。应当指出，该反应的干扰因素较多，一些含有一个肽键和一个—CO—NH_2、—CS—NH_2、—CH_2—NH_2 等基团的物质也能发生双缩脲反应。NH_3 对此反应有严重的干扰，因为 NH_3 与铜离子可生成深蓝色的铜氨络合物。因此，我们可以说蛋白质和多肽都有双缩脲反应，但有双缩脲反应的物质不一定都是蛋白质或多肽。此反应所产生的颜色的深浅与蛋白质的浓度成正比，而与蛋白质的相对分子质量及氨基酸组成无关。

$$2\ H_2N-CO-NH_2 \xrightarrow{180℃} H_2N-CO-NH-CO-NH_2 + NH_3\uparrow$$

尿素　　　双缩脲

$$H_2N-CO-NH-CO-NH_2 \xrightarrow[OH^-]{Cu^{2+}} [Cu(\text{biuret})_2]^{2-}$$

紫红色配合物

【操作步骤】

(1) 取少量尿素结晶，放入干燥试管中，用微火加热使尿素熔化。当熔化的尿素开始硬化时，停止加热，尿素放出氨，形成双缩脲。冷却后，加入 10%

NaOH 溶液约 1ml，振荡混匀，再加入 1% $CuSO_4$ 溶液 1 滴，振荡，观察出现的粉红颜色。要避免添加过量 $CuSO_4$，因其生成的蓝色氢氧化铜能掩盖粉红色。

（2）取另一支试管，加 1ml 蛋白质溶液和 10% NaOH 溶液 2ml，摇匀，再加 1% $CuSO_4$ 溶液两滴，边加边摇，观察玫瑰紫色的出现。

三、茚三酮反应（ninhydrin reaction）

【实验原理】

除脯氨酸、羟脯氨酸能与茚三酮反应生成黄色物质外，所有的 α-氨基酸及蛋白质都能和茚三酮反应生成蓝紫色物质。该反应分两步进行：首先是氨基酸被氧化，产生 CO_2、NH_3 和醛，而水合茚三酮被还原成还原型茚三酮；然后是所生成的还原型茚三酮与另一个水合茚三酮分子和 NH_3 缩合生成有色物质。此反应的适宜 pH 为 5～7，同一浓度的蛋白质或氨基酸在不同 pH 条件下的颜色深浅不同，酸度过大时甚至不显色。该反应十分灵敏，1∶1 500 000 浓度的氨基酸水溶液即能显示反应，因此是一种常用的氨基酸定量方法。但也有些物质对茚三酮呈类似的阳性反应，如 β-丙氨酸、NH_3 和许多一级胺化合物等。因此，定性或定量测定中，应严防干扰物存在。

$$\text{水合茚三酮} + H_2N-\underset{R}{\overset{H}{C}}-COOH \longrightarrow \text{还原型茚三酮} + NH_3 + CO_2 + R-\overset{O}{\overset{\|}{C}}H$$

水合茚三酮　　氨基酸　　还原型茚三酮

$$\text{还原型茚三酮} + NH_3 + \text{水合茚三酮} \longrightarrow \text{蓝紫色化合物} + 3H_2O$$

还原型茚三酮　　水合茚三酮　　蓝紫色化合物

【操作步骤】

（1）取 2 支试管分别加入蛋白质溶液和 0.5%甘氨酸溶液 1ml，再加 0.1%

茚三酮水溶液0.5ml，混匀，在沸水浴中加热1～2min，观察颜色由粉色变成紫红色再变成蓝色。

（2）在一小片滤纸上滴上1滴0.5%甘氨酸溶液，风干后，再在原处滴0.1%茚三酮乙醇溶液1滴，在微火旁烘干显色，观察紫红色斑点的出现。

四、黄色反应（xanthoproteic reaction）

【实验原理】

凡是含有苯环的化合物都能与浓硝酸作用产生黄色的硝基苯衍生物。该化合物在碱性溶液中进一步转化成深橙色的硝醌酸钠。

$$HO-C_6H_5 + HNO_3 \longrightarrow HO-C_6H_4-NO_2 \xrightarrow{NaOH} O{=}C_6H_4{=}N(O)-O^- \ Na^+$$

邻硝基苯酚（黄色）　邻硝醌酸钠（橙黄色）

在蛋白质分子中，酪氨酸和色氨酸残基易发生上述反应，而苯丙氨酸不易被硝化，需加少量浓硫酸催化才能呈明显的阳性反应。皮肤、指甲、头发等遇浓硝酸变黄即为这一反应的结果。

【操作步骤】

	试管编号						
	1	2	3	4	5	6	7
材料	鸡蛋清溶液	大豆提取液	指甲	头发	0.5%苯酚	0.3%色氨酸	0.3%酪氨酸
/滴	4	4	少许	少许	4	4	4
浓硝酸/滴	2	2	40	40	4	4	4
现象							

向7支试管中分别按上表加入试剂，观察各管出现的现象，有的试管反应慢可用微火加热。待各管出现黄色后，于室温下逐滴加入10% NaOH溶液至碱性，观察颜色变化。

五、坂口反应（Sakaguchi reaction）

【实验原理】

在次溴酸钠或次氯酸钠存在的条件下，许多含有胍基的化合物（如胍乙酸、甲胍、胍基丁胺等）能与α-萘酚发生反应生成红色物质。在20种氨基酸中只有精氨酸含有胍基，所以只有它呈颜色反应。反应方程式如下：

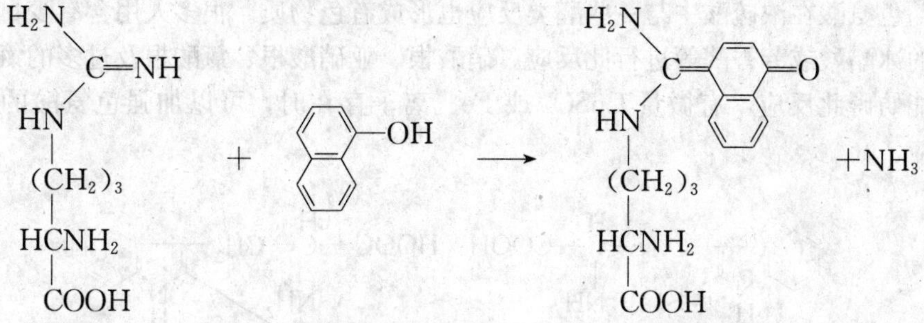

H_2N—C(=NH)—HN—$(CH_2)_3$—HCNH$_2$—COOH（精氨酸） + α-萘酚（OH） ⟶ H_2N—C(=萘醌基=O)—HN—$(CH_2)_3$—HCNH$_2$—COOH（红色物质） $+NH_3$

精氨酸　　α-萘酚　　红色物质

$$2NH_3 + 3NaBrO \longrightarrow N_2\uparrow + 3H_2O + 3NaBr$$

生成的 NH_3 被次溴酸钠氧化生成 N_2。该反应中过量的次溴酸钠是不利的，因其能进一步缓慢氧化，使产物破裂分解，导致颜色消失。但加入适量尿素可抵消过量的次溴酸钠。酪氨酸、色氨酸和组氨酸也能降低产生颜色的强度，甚至会阻止颜色的生成。

该反应灵敏度达1∶250 000，因此常用于定量测定精氨酸的含量和定性鉴定含有精氨酸的蛋白质。

【操作步骤】

向各试管中按下表加入试剂（单位：滴），摇匀，放置片刻，记录出现的现象。

试　剂	试管编号		
	1	2	3
蒸馏水/滴	—	4	5
0.3%精氨酸/滴	—	1	—
蛋白质溶液/滴	5	—	—
20% NaOH/滴	5	5	5
1%α-萘酚/滴	3	3	3
NaBrO/滴	1	1	1
现象			

六、乙醛酸反应（adamkiewica-hopkins-cole reaction）

【实验原理】

在浓硫酸存在的条件下，色氨酸与乙醛酸反应生成紫色物质，反应机制尚不清楚，可能是一分子乙醛酸与两分子色氨酸脱水缩合形成与靛蓝相似的物质。

色氨酸在浓硫酸中与一些醛类反应也形成有色物质。很多人用含有少量醛杂质的冰醋酸或芳香醛等进行此反应。硝酸根、亚硝酸根、氯酸根及过多的氯离子均能妨碍此反应，有微量 $CuSO_4$ 或 Fe^{3+} 离子存在时，可以加强色氨酸的阳性反应。

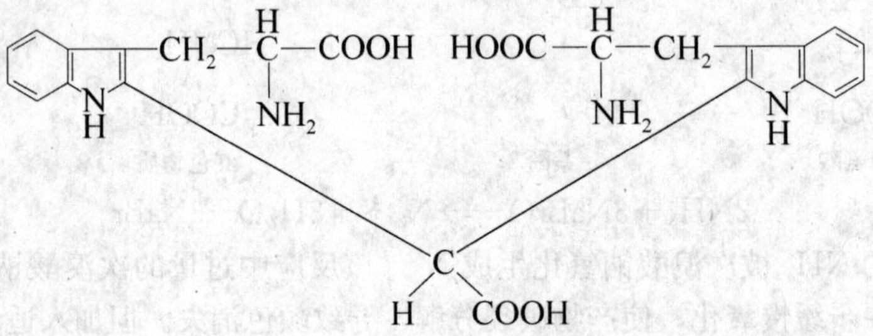

H H
CH₂—C—COOH HOOC—C—CH₂
N NH₂ NH₂ N
H H
C
H COOH

【操作步骤】

取 3 支试管，编号，分别按下表加入蛋白质溶液、色氨酸溶液和蒸馏水，然后各加入冰醋酸 2ml。混匀后倾斜试管，沿着管壁分别缓缓加入浓硫酸约 1ml，静置后，观察在两溶液界面上紫色环的出现。若不明显，可于水浴中微热，以加快色环形成。认真观察并记录出现的现象。

试　剂	试管编号		
	1	2	3
蒸馏水/滴	—	4	5
0.3%色氨酸/滴	—	1	—
蛋白质溶液/滴	5	—	—
冰醋酸/ml	2	2	2
浓硫酸/ml	1	1	1
现象			

七、偶氮反应（azo reaction）

【实验原理】

偶氮化合物（Ehrlich 氏偶氮试剂）与酚核或咪唑环结合产生有色物质。它与酪氨酸和组氨酸反应的产物分别为红色和樱桃红色。

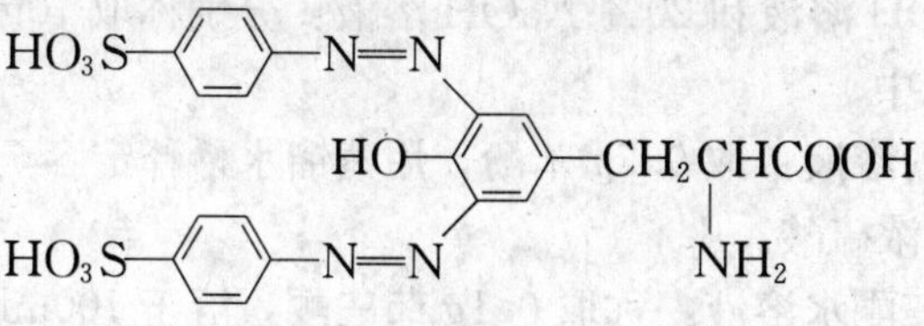

红色

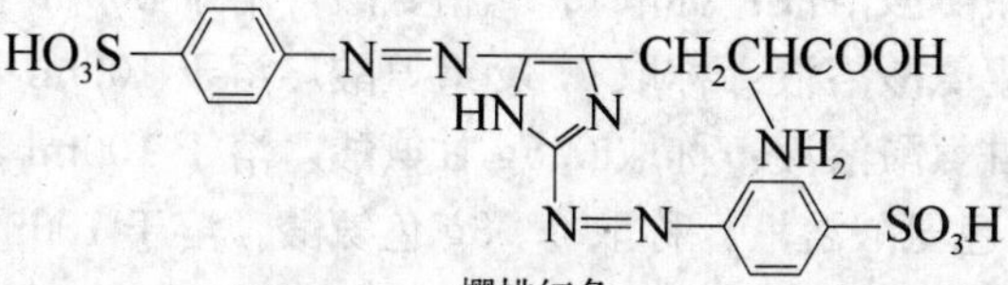

樱桃红色

含有酪氨酸和组氨酸的蛋白质都有此反应。

【操作步骤】

取 3 支试管，编号，按下表所示顺序和计量（单位：滴）加入试剂，摇匀后过几分钟，观察有色产物的形成并记录出现的现象。

试　剂	试管编号		
	1	2	3
0.3%组氨酸/滴	4	—	—
0.3%酪氨酸/滴	—	4	—
鸡蛋清溶液/滴	—	—	4
重氮溶液/滴	8	8	8
20% NaOH/滴	2	2	2
现象			

【试剂和器材】

1. 试剂

（1）米伦试剂：40g 汞溶于 60ml 浓硝酸（比重 1.42），水浴加热助溶，溶解后加 2 倍体积蒸馏水，混匀，静置澄清，取上清液备用。此试剂可长期保存。

(2) 蛋白质溶液：取 5ml 蛋清，用蒸馏水稀释至 100ml，搅拌均匀后，用纱布过滤。

(3) 0.1%茚三酮乙醇溶液：称取 0.1g 茚三酮，溶于 100ml 95%乙醇中。临用前配制。

(4) 尿素粉末。

(5) 1% $CuSO_4$ 溶液：称取 1g $CuSO_4$，溶于 100ml 蒸馏水中。

(6) 10% NaOH 溶液和 20% NaOH 溶液：分别称取 10g 和 20g NaOH，各溶于 100ml 蒸馏水中。

(7) 0.5%苯酚溶液：取 0.5g 苯酚，用蒸馏水稀释定容至 100ml。

(8) 浓硝酸和浓硫酸。

(9) 0.1%茚三酮水溶液：称取 0.1g 茚三酮，溶于 100ml 蒸馏水中。

(10) 0.3%精氨酸溶液：称取 0.3g 精氨酸，溶于 100ml 蒸馏水中。

(11) 0.3%组氨酸溶液：称取 0.3g 组氨酸，溶于 100ml 蒸馏水中。

(12) 0.5%甘氨酸溶液：称取 0.5g 甘氨酸，溶于 100ml 蒸馏水中。

(13) 0.03%色氨酸溶液：称取 0.03g 色氨酸，溶于 100ml 蒸馏水中。

(14) 0.3%酪氨酸溶液：称取 0.3g 酪氨酸，溶于 100ml 蒸馏水中。

(15) 鸡蛋清溶液：纯蛋清。

(16) 1% α-萘酚乙醇溶液：称取 1g α-萘酚，溶于 100ml 95%乙醇中。临用时配制。

(17) 冰醋酸。

(18) 次溴酸钠溶液：在冰冷却的条件下，将 2g 溴溶于 100ml 5% NaOH 溶液中，将溶液保存在棕色瓶中，并放在冷暗处，两周内有效。

(19) Ehrlich 氏重氮试剂。

溶液 A：溶解 5g 亚硝酸钠于 1000ml 蒸馏水中。

溶液 B：溶解 5g α-氨基苯磺酸于 1000ml 蒸馏水中。溶解后，再加入 5ml 浓硫酸。

A、B 溶液分别保存于密闭瓶内。临用时，以 1∶1 的比例混合。

2. 器材

试管及试管架；水浴锅；酒精灯；量筒（10ml）；滤纸片；烘箱；试管夹；药勺。

【思考题】

(1) 如果蛋白质水解作用一直进行到双缩脲反应呈阴性结果，此时可对水解程度作出什么推论？

（2）能否用茚三酮反应可靠地鉴定蛋白质的存在？

（3）白明胶对乙醛酸反应呈阴性，为什么？用白明胶做米伦反应，结果如何？请解释其原因。

实验二 纸层析法分离氨基酸

【实验目的】

掌握分配层析的原理，学习氨基酸纸层析法的操作技术（包括点样、平衡、展层、显色、鉴定及定量）。学习分析未知样品的氨基酸成分（水解、层析及鉴定）的方法。

【实验原理】

层析法又叫色层分离法、色谱分析法或色谱法。1903 年，俄国化学家茨维特（M. Tswett）发现用挥发油冲洗菊粉柱时，各种颜色的色素在吸附柱上从上到下排列成色谱，故称“色层分离法”。1931 年，有人用氧化铝柱分离了胡萝卜素的两种同分异构体，显示了这一分离技术的高度分辨力，从此引起了人们的广泛注意。自 1944 年应用滤纸作为固定支持物的“纸层析”诞生以来，层析技术的发展越来越快，20 世纪 50 年代开始，相继出现了气相色谱和高效液相层析，其他如薄层层析、亲合层析、凝胶层析等也迅猛发展。层析分离技术操作简便，样品用量可大可小，既可用于实验室分离分析，又适用于工业生产中产品的分析制备。现已成为生物化学、分子生物学、生物工程等学科广泛应用而又必不可少的分析工具之一。

根据所用的支持物及其理化性质不同可将层析法分成三类：

（1）用固体吸附剂作支持物的称为吸附层析；

（2）用吸附了某种溶剂的固体物质（如滤纸）作支持物的称为分配层析；

（3）用其表面所含离子能与溶液中的离子进行交换的固体物质作支持物的称为离子交换层析。

纸层析所依据的原理是分配层析，故属于分配层析的范畴。

1. 分配层析

分配层析法是利用不同的物质在两个相混而互不相溶的溶剂中的分配情况不同而使之得到分离的方法。将分配层析法中的一种溶剂设法固定在一个固定柱内，再用另外一种溶剂来冲洗这个固定柱，同样可达到将不同物质分离的目的。我们把固定在柱内的液体称为固定相，把用作冲洗的液体叫做流动相。为了使固定相固定在柱内，需要有一种固体物质把它吸牢，这种固体物质本身对分离不起什么作用，对溶质也几乎没有吸附能力，称为支持物。进行分离时由于被分离物质的组分在两相中的分布不同，因此当流动相移动时，不同组分移动的速度也不相同。易溶于流动相中的组分移动快，在固定相中溶解度大的组分移动慢，于是得到分离。分配层析法中不同溶质的分离取决于其在两相（固定相和流动相）间分配系数的不同，分配系数(α)的定义是：

$$\alpha = \frac{\text{溶质在固定相的浓度}(C_S)}{\text{溶质在流动相的浓度}(C_L)}$$

滤纸层析法是以滤纸作为惰性支持物的分配层析。滤纸的成分是纤维素，纤维素的—OH 为亲水性基团。因此，可吸附一层水或其他溶剂作为固定相。通常把有机溶剂作为流动相。当将溶质样品（被分离物）点在滤纸的一端后，该物质溶解在吸附于支持物上的水分子或其他溶剂分子的固定相中，有机溶剂作为流动相自上而下移动，称为下行层析；反之，使有机溶剂自下而上移动的，称为上行层析。流动相流经支持物时与固定相对溶质进行连续的抽提，物质在两相间不断分配即得到分离。滤纸层析原理还可进一步解释如下：可以把滤纸看成一个层析柱，又可把柱看成由许许多多连续的板层构成。如果有 A、B 两种物质，A 的分配系数 $\alpha=1$，B 的分配系数 $\alpha=1/3$；又设固定相为 S，流动相为 L，两相互相接触而不相混溶，则当第一层流动相中加入单位量 A、B 两种物质后，溶质根据一定分配系数在第一层的两相中分配（图 2-1）。流动相继续向下层移动，固定相与新流下的流动相之间进行第二次分配，溶质在原来第一层流动相与第二层固定相间进行分配。

依此类推，经三次分配即可看出 A、B 最浓部分已经分开，A 物质在第二层最浓，而 B 物质则在第三层最浓。如此继续抽提下去，再经若干次后，A 和 B 两种物质就可以完全分开。显然，A、B 两种物质的分配系数相差越大，则越易分开。

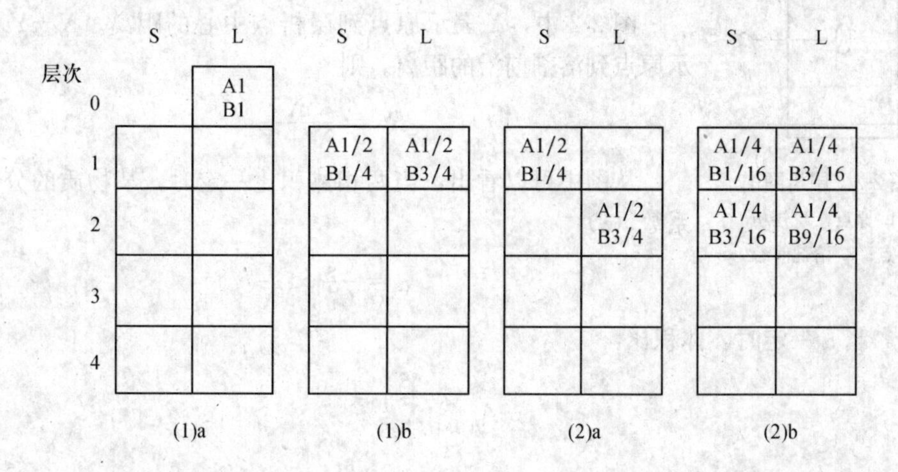

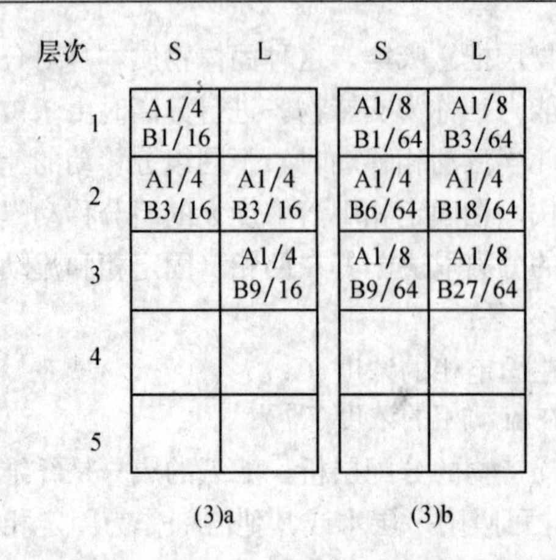

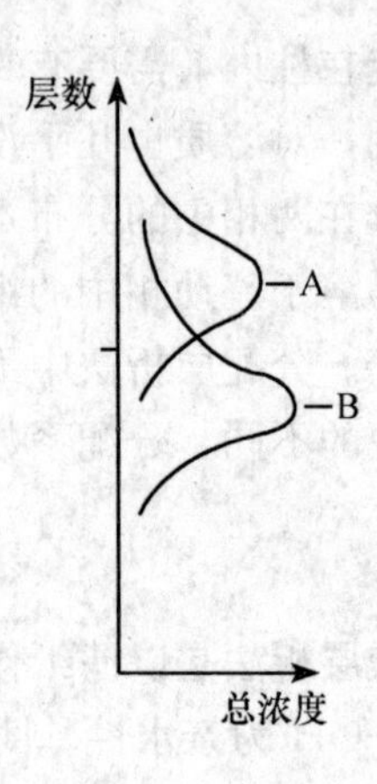

图 2-1　溶质在两相中的分配

S. 固定相；L. 流动相；A、B 为被分离的两种物质；a 为分配前，b 为分配后；(1)、(2)、(3) 表示分配次数

物质分离后在图谱上的位置，可用比移值 R_f 来表示，R_f 值的定义是：从溶质层析的起点（原点）到层析斑点中心的垂直距离与从原点到溶剂流动前沿的垂直距离的比值。

$$R_f = \frac{\text{原点到层析点中心的距离}}{\text{原点到溶剂前沿的距离}}$$

物质在滤纸上的移动情况与分配柱层析法一样，也遵守如下关系式：

$$R_f = \frac{A_L}{A_L + \alpha A_S}$$

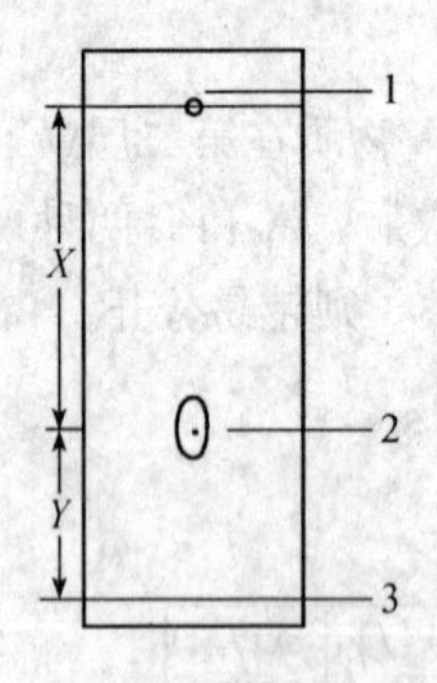

图 2-2　层析图谱

1. 原点；2. 层析点；3. 溶剂前沿

式中，A_L 代表流动相的横截面；A_S 代表固定相的横截面积；α 代表分配系数。每一物质的 R_f 值决定于物质在两相间的分配系数（α）和两相的体积比｛A_S/A_L｝。这两相即水相（固定相）和有机溶剂相（流动相）。

图 2-2 中，X 表示原点到层析点中心的距离。$X+Y$ 表示原点到溶剂前沿的距离。则

$$R_f = \frac{X}{X+Y}$$

从图中可以看出，当两相体积比一定时，某物质的分配系数（α）

$$\alpha = \frac{C_S}{C_L} \propto \frac{Y}{X}$$

当 α 一定时，体积比：

$$\frac{A_S}{A_L} \propto \frac{Y}{X}$$

因此合并这两个因子则得

$$\frac{Y}{X}=\alpha\cdot\frac{A_S}{A_L}$$

$$\frac{1}{R_f}=\frac{X+Y}{X}=1+\frac{Y}{X}$$

$$=1+\frac{\alpha\cdot A_S}{A_L}$$

$$=\frac{A_L+\alpha\cdot A_S}{A_L}$$

所以

$$R_f=\frac{A_L}{A_L+\alpha\cdot A_S}$$

两相体积比在同一实验情况下是不变的，所以 R_f 值的主要决定因素是分配系数（α）。对于每一物质在一定条件下 α 值是固定的，因此 R_f 值为其特征常数，可作为定性鉴定的参考数值。

2. 影响 R_f 值的主要因素

（1）物质结构对于 R_f 值的影响："物以类聚"，极性物质易溶于极性溶剂（水）中，非极性物质易溶于非极性溶剂（有机溶剂）中，所以物质的极性大小决定了物质在水和有机溶剂之间的分配情况。例如，酸性和碱性氨基酸极性大于中性氨基酸，所以前者在水（固定相）中分配较多，因此 R_f 值低于后者。

—CH_2—基是疏水性基团，如果分子中极性基团数目不变，则—CH_2—基增加（即碳链加长）就使整个分子的极性变低。因此易溶于有机溶剂（流动相）中，R_f 值也随之增加。例如，氨基酸的 R_f 值：甘氨酸＜丙氨酸＜缬氨酸＜亮氨酸，二羧基氨基酸中天冬氨酸＜谷氨酸。

极性基团的位置不同也会引起 R_f 值的变化。例如，在正丁醇-甲酸-水系统中层析时，α-丙氨酸的 R_f 值大于 β-丙氨酸，α-氨基丁酸的 R_f 值大于 γ-氨基丁酸。

氨基酸化学结构与 R_f 值之间的关系，可以从氨基酸的双向图谱（图 2-3）中看出。

碱性氨基酸——鸟氨酸、精氨酸、赖氨酸（1，2，3）在同一轨迹上。

二羧基氨基酸——天冬氨酸、谷氨酸、α-氨基己二酸（5，6，7）在同一轨迹上。

中性脂肪族支链氨基酸——α-氨基异丁

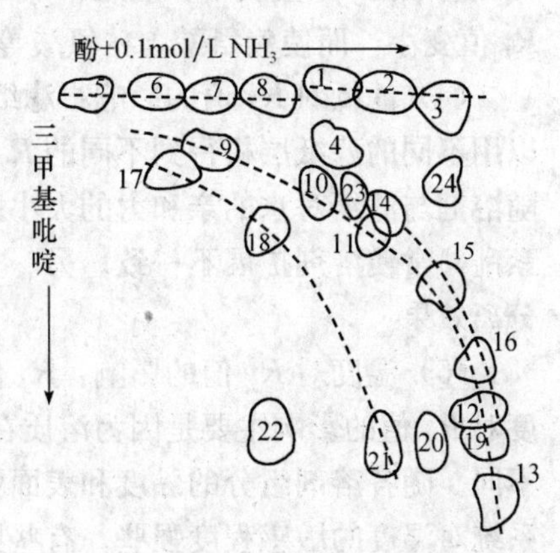

图 2-3　氨基酸纸上层析轨迹图

酸、缬氨酸、异亮氨酸（14，15，16）在同一轨迹上。

羟基氨基酸——苏氨酸、丝氨酸和酪氨酸（17，18，21）在同一轨迹上。

具苯环的氨基酸——苯丙氨酸、色氨酸、酪氨酸和二羟基苯丙氨酸（19，20，21，22）也在同一轨迹上。

碳链结构上的变化对 R_f 值的影响很小，如亮氨酸和异亮氨酸，缬氨酸和正缬氨酸都很不容易分离。

（2）溶质与溶剂间的相互作用对 R_f 值的影响：这种影响是由溶质与溶剂间的相互作用与分配系数的关系所决定的。溶质与溶剂之间若能形成氢键，对分配系数的影响就很大。例如，酚、三甲基吡啶、氨等和水混合后都能很好地与溶质形成氢键。某些溶剂（如酚、正丁醇等）是质子的供给体，而水既是质子的供给体又是质子的接受体。当溶质结构中增加能接受质子的基团（如—NH_2）时，因酚与水都能给—NH_2 基提供质子，所以酚和水两相对接受质子的基团的引力，基本上是一致的，因此当溶质结构中增加—NH_2 基时，该物质与酚和水的作用对其在酚和水两相间的分配影响不大，对其 R_f 值影响较小。又如当有机溶剂是质子的接受体（如三甲基吡啶、NH_3 等），而溶质也是质子的接受体（如—NH_2），这时有机溶剂对—NH_2 没有引力，而水却有引力，于是水的引力就大于有机溶剂，因此溶质就被拉向水相，对其 R_f 值的影响就大。

（3）pH 对 R_f 值的影响：这种影响主要是由 pH 与分配系数的关系所决定的。弱酸与弱碱的解离度受 pH 影响很大，解离度越大，极性越强。极性强的物质在两相溶剂中分配时，偏向于极性强的一相，这样，改变 pH 就会同时改变分配系数，从而使 R_f 值也会发生相应变化。在氨基酸的层析法中，改变溶剂的 pH，使酸性和碱性氨基酸的 R_f 值变动较大，而中性氨基酸的 R_f 值变动较小。在正丁醇中加甲酸，可使酸性氨基酸的极性降低，从而使其 R_f 值变大，而使碱性氨基酸的 R_f 值变小；反之，如在正丁醇中加 NH_3，可使天冬氨酸和谷氨酸的 R_f 值变小，而使赖氨酸、精氨酸等碱性氨基酸的 R_f 值变大。

（4）滤纸对 R_f 值的影响：滤纸本身的 pH 及含水量对 R_f 值的影响很大，所以用不同的滤纸层析得到不同的 R_f 值及不同的斑点形状。滤纸上含水量的多少随溶剂与滤纸对水的亲和力的大小而异，质地不均一的滤纸随着纤维的纹理流动紊乱，常使溶剂扩展不一致；另一方面滤纸的含水量不均一，也不能得到理想的分离效果。

（5）温度对 R_f 值的影响：R_f 值的重现性与恒温情况的好坏有密切关系。温度对 R_f 值的影响主要是因为溶质在固定相与流动相之间的分配随温度的变化而不同。随各溶剂组分的黏度和表面张力的不同其蒸发能力也不同，因此有些溶剂系统对温度的敏感程度强些，有些则差些。敏感程度强的对温度的要求就严格，敏感程度差的对温度的要求就不太严格。温度改变使溶剂系统中的溶解度改变，

所以 R_f 值也改变。一般层析展层是在恒温室中进行的，室温可在 20～40℃，温度改变不超过±0.5℃。

无色物质的层析图谱可用光谱法（如核苷酸类物质用紫外光照射）或显色法鉴定。氨基酸纸层析图谱常用的显色剂有茚三酮、吲哚醌。本实验采用茚三酮为显色剂。茚三酮显色反应受温度、pH 和反应时间的影响较大。如果要使结果重复性好，必须严格控制上述条件。样品中如含有大量盐酸会使氨基酸不显出颜色；样品中含大量盐时显色点上会出现白斑；空气中其他的杂质如 NH_3、硫化氢或酚等皆会影响显色结果。铜离子可以与氨基酸-茚三酮显色物形成络合物，颜色较稳定，用 $CuSO_4$ 乙醇溶液洗脱层析后的显色斑点，可以通过比色法定量测定氨基酸的含量。

由于纸层析设备条件较简单，操作比较简便，并可以分离微量样品，因此纸层析方法已成为生化分析和研究的主要方法之一，广泛应用于氨基酸、肽、核苷酸、糖、维生素及脂肪酸等的分离鉴定。

【操作步骤】

1. 标准氨基酸纸层析

1）单向上行层析

a. 氨基酸 R_f 值的测定

滤纸：选用国产新华 1 号滤纸（若有较多的样品需在纸上分离，可采用新华 3 号滤纸），戴上橡皮手套，将滤纸裁剪成 28cm×28cm，在距纸边 2cm 处，用铅笔轻轻划一条线，于线上每隔 3cm 处画一小圆圈作为点样处，圈直径不超过 0.5cm。

点样：点样量要合适，样品点的太浓，斑点易扩散或拉长，以致分离不开，氨基酸的点样量以每种氨基酸含 5～20μg 为宜，将准备好的滤纸悬挂在点样架上，滤纸垂直桌面，用点样管（也可用血色素管代替）吸取氨基酸样品 10μg（1μg/μl），与滤纸垂直方向轻轻碰触点样处的中心，这时样品就自动流出。点样的扩散直径控制在 0.5cm 之内，点样过程中必须在第一滴样品干后再点第二滴。为使样品加速干燥，可用一加热装置（如吹风机或灯泡），但要注意温度不可过高，以免氨基酸被破坏，特别是谷氨酰胺的破坏，会影响定量结果。

将点好样品的滤纸两侧比齐，用线缝好，揉成筒状。注意缝线处纸的两边不要接触，避免由于毛细管现象使溶剂沿两边移动特别快而造成溶剂前沿不齐，影响 R_f 值。

本实验做两张单向层析谱，每张点 6 种氨基酸。一张测定酸系统中的 R_f

值，一张测定碱系统中的 R_f 值。

展层：将揉成圆筒状的滤纸放入培养皿内（注意滤纸不要碰到皿壁），周围放三个小烧杯，内盛平衡用的溶剂。盖好钟罩，平衡 1～2h（每个钟罩内可放三个培养皿）。平衡后，打开钟罩上的塞子，将长颈漏斗插入罩内，使管下口碰到皿底，沿管加入展层溶剂，然后迅速取出漏斗（注意勿使它碰到纸）。当溶剂展层至距离纸的上沿约 1cm 时，取出滤纸，立即用铅笔标出溶剂前沿位置，挂在绳上或点样架上晾干，使纸上溶剂自然挥发，直至除净溶剂。

酸溶剂系统：正丁醇∶80％甲酸∶水＝15∶3∶2（体积比），平衡溶剂与展层溶剂相同。温度 25℃，时间 10～20h。

碱溶剂系统：正丁醇∶12％氨水∶95％乙醇＝13∶3∶2（体积比），平衡溶剂为 12％氨水，温度 25℃，时间 14～16h。

注意，使用的溶剂系统需新鲜配制，并要摇匀。平衡溶剂每烧杯放 10ml 左右，展层溶剂每张约需 25ml。

显色：将已除尽溶剂的层析滤纸平夹在层析架上，架与地面略平行，用喷雾器将 0.5％茚三酮无水丙酮溶液均匀地喷在纸上。试剂内不可含水，否则会把样品冲散以致图谱模糊，每张纸用显色剂 25ml，分别在两面喷雾，滤纸充分晾干后，置 65℃鼓风箱中 30min，鼓风保温，滤纸上即显出紫红色斑点。

R_f 值的计算：用尺测量显色斑点的中心与原点（点样中心）之间的距离和原点到溶剂前沿的距离，求出比值，即得氨基酸的 R_f 值。计算出 6 种氨基酸在酸、碱系统中的 R_f 值。

b. 氨基酸标准曲线的制作

滤纸：规格、尺寸与前同。

点样：配制一个浓度为 8mmol/L 的天冬氨酸溶液，在滤纸上点上不同的量：5μl、10μl、15μl、20μl，留一空白点作对照。点样操作与前同。

展层：展层采取酸性溶剂系统，即正丁醇∶80％甲酸∶水＝15∶3∶2，展层条件与操作见前。

显色：除尽溶剂的层析纸用 20ml 茚三酮丙酮溶液在纸的一面均匀喷雾，自然干燥后，置于 65℃烘箱内，准确地烘 30min，取出。

定量测定：剪下层析谱上的天冬氨酸斑点，其面积大小相仿，再剪一块空白纸作比色对照。把剪下的纸片再剪成梳状细条，分别装入干燥试管内，加入 5ml 0.1％硫酸铜（$CuSO_4 \cdot 5H_2O$）∶75％乙醇＝2∶38 的溶液洗脱，间歇摇匀，洗脱液呈粉红色，待 15min 后于 520nm 处测定 OD 值。以氨基酸含量（微克数）为横坐标，光吸收值为纵坐标作图，其结果应为直线关系，但不同氨基酸其斜率不同。

2）双向上行纸层析

滤纸：28cm×28cm，在滤纸上距相邻的两边各 2cm 处用铅笔轻划一条线，在线的交点上点样（图 2-4）。

点样：样品为混合标准氨基酸，点样量为 15μl 或 20μl。

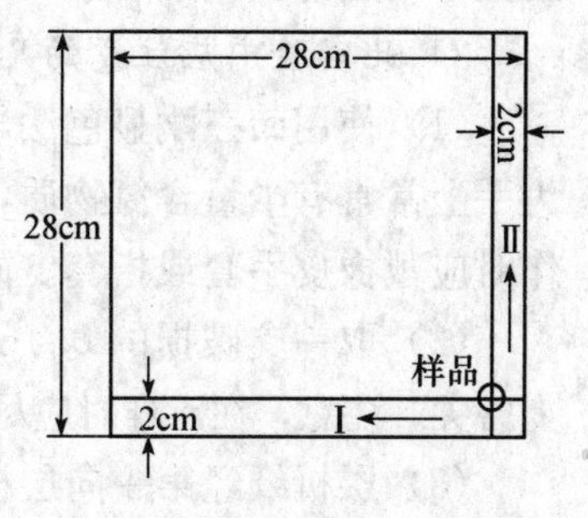

图 2-4　滤纸的剪裁

展层：双向展层。

第一向为碱系统：正丁醇∶12%氨水∶95%乙醇＝13∶3∶3（体积比）

第二向为酸系统：正丁醇∶80%甲酸∶水＝13∶3∶2（体积比）

第一向展层一次，必要时亦可展层两次，第二向一般展层一次即可。两向的展层条件分别与酸、碱单向展层的条件相同。进行双向层析时，先用第一向溶剂展层后，使干燥，将纸调转 90°，再用第二向溶剂展层。

显色：用 0.5%茚三酮丙酮溶液显色。显色条件与标准曲线制作的显色部分相同。

定性鉴定与定量测定：双向层析的 R_f 值由两个数值组成，即在第一向计量一次（碱系统）和在第二向计量一次（酸系统），分别与已知氨基酸在酸、碱系统的 R_f 值对比，即可初步确定为何种氨基酸。找出谷氨酸的斑点，将其剪下，在同一张纸上再剪下一块大小相仿的空白纸作对照，如前所述，用硫酸铜乙醇溶液洗脱并进行比色测定，所得比色读数在标准曲线上查出谷氨酸含量，从而即可计算出样品中谷氨酸的含量。

2. 样品中氨基酸的分析（以鸡蛋蛋清为例）

1）水解液的制备

取鸡蛋清 1 滴（约 0.2ml），加到 2ml 的安瓿瓶中，再加入 2ml 经过重蒸的盐酸溶液（5.7mol/L），封口后置于 110℃烤箱中进行封管酸水解。24h 后打破安瓿瓶，将酸水解液转移到小烧杯中，于沸水浴上蒸去盐酸，内容物蒸干时可加少量蒸馏水，再次蒸发，重复 3 或 4 次。最后加入 1ml 蒸馏水。

2）单向上行纸层析分析

点样：在滤纸上（规格尺寸同图 2-4）点上不同体积：10μl、20μl、25μl、30μl 的蛋清酸水解液，同时再点上一个标准氨基酸混合液点（15μl/点）。操作同前。

展层：条件同前。采取正丁醇∶80%甲酸∶水＝15∶3∶2 系统，操作同前。

显色：0.1%茚三酮丙酮显色，操作同前。

层析谱：鸡蛋清水解液展层后一般可以分出 10～13 个氨基酸斑点。找出哪一种点样量的层析效果最好，并用 6 种标准氨基酸混合液的层析斑点及文献资料上关于鸡蛋清蛋白水解液的成分作比较。

3）此实验中应注意的几个问题

（1）使用茚三酮显色法，必须在整个层析操作中避免手直接接触层析纸，因为手上常常有少量含氮物质，显色时也呈现紫色斑点，会污染层析结果，因此操作时应戴橡皮手套或指套。同时也要防止空气中的氨。

（2）取一支破损的 0.1ml 吸量管，将下端拉成毛细管，然后在碎磁片边缘上磨尖。注意，在点样时应尽量使用上端的刻度，因为靠近尖端的刻度已不准确。

（3）层析纸经第一向层析后，上端未经溶剂走过的滤纸（距纸边约 1cm）与已被溶剂走过的部分形成一个分界线，进行第二向层析前，需将第一向上端截去约 2cm 以除去边缘。在截去边缘以前，先将原点到溶剂前沿的距离量好，记下来。

（4）为了鉴定未知样品中某几种氨基酸的存在，仅用一种溶剂系统展层是不够的。一般应采用 2 或 3 种溶剂系统展层显色后，再分别与该种溶剂系统的标准氨基酸图谱比较，相互印证，才能得出比较确切的结论。

【试剂和器材】

1. 试剂

（1）氨基酸标准液（1mg/ml）：6 种氨基酸分别是天门冬氨酸、丙氨酸、酪氨酸、蛋氨酸、胱氨酸、亮氨酸，分别将其配制成上述浓度的溶液。

（2）8mmol/L 天门冬氨酸溶液。

（3）95％乙醇。

（4）80％甲醇（稀释前需测比重）。

（5）12％氨水（稀释前需测比重）。

（6）0.1％茚三酮丙酮溶液。

（7）0.5％茚三酮丙酮溶液。

（8）氨基酸混合液（每种氨基酸 5mg/ml）。

（9）正丁醇（需重蒸，沸程：116～120℃）。

（10）0.1％硫酸铜（$CuSO_4 \cdot 5H_2O$）∶75％乙醇＝2∶38 溶液。硫酸铜难溶于乙醇，不能用乙醇直接配制。将硫酸铜溶液和乙醇混合后放置过久亦会产生沉淀，因此必须在临用前按比例混合。

（11）5.7mol/L 重蒸盐酸溶液：将商售化学纯盐酸用磨口蒸馏器蒸馏，收集恒沸点部分，即为 5.7mol/L 盐酸溶液。

（12）鸡蛋蛋清。

2. 器材

新华滤纸；培养皿（直径 115mm）；电热鼓风干燥箱；恒温水浴和沸水浴；分光光度计；离心机（4500r/min）；研钵；喷雾器及吹风机；点样管及点样架；针、线、尺；橡皮手套；安瓿瓶（2ml）；烧杯（50ml）；钟罩（高约 430mm，直径约 290mm，具磨口塞）。

【思考题】

（1）为什么在展层时有时用一种溶剂系统，而有时用两种溶剂系统？

（2）酸性溶剂系统（或碱性溶剂系统）对氨基酸极性基团的解离有何影响？

（3）酸性溶剂系统（或碱性溶剂系统）对碱性氨基酸（赖、精、组）和酸性氨基酸（天冬、谷）的 R_f 值有什么影响？

（4）滤纸上点上 1μl 0.02mol/L 的甘氨酸（相对分子质量为 75）溶液，请问实际上点了多少微克的氨基酸？

实验三　醋酸纤维素薄膜电泳分离血清蛋白

【实验目的】

掌握醋酸纤维薄膜电泳的原理及操作方法，准确测定血清中各种蛋白质的相对百分含量。

【实验原理】

带电质点向着与它所带电荷相反的电极移动的现象称为电泳。带电质点之所以能在电场中向一定的方向移动，并具有一定的移动速度，取决于带电质点本身所带的电荷、电场强度、溶液的 pH 等因素。蛋白质分子在溶液中的电泳是由于蛋白质分子具有一些自由的可解离的基团如—COOH、$—NH_2$、—OH 等，因而在某种 pH 的溶液中蛋白质分子就带有一定的电荷。一个混合的蛋白质样品由于各蛋白质的等电点不同，在相同的 pH 溶液中所带的电荷性质就不同，电荷的数目不同，在电场中各种蛋白质泳动的方向和速度也不同，从而使蛋白质混合样品得到分离。

血清中含有白蛋白、α 球蛋白、β 球蛋白、γ 球蛋白等，各种蛋白质由于氨基酸组分、立体构象、相对分子质量、等电点及形状不同（见下表），在电场中移动的速度也就不同。由表可知，血清中 5 种蛋白质的等电点（p*I*）大部分低于 7.0，所以在缓冲液（pH 8.6）中，它们都解离成负离子，在电场中都向阳极移动。

蛋白质名称	等电点（p*I*）	相对分子质量（M_r）
白蛋白	4.88	69 000
$α_1$-球蛋白	5.06	200 000
$α_2$-球蛋白	5.06	300 000
β-球蛋白	5.12	90 000～150 000
γ-球蛋白	6.85～7.50	156 000～300 000

在一定范围内，蛋白质的含量与其结合的染料量成正比，故可将各蛋白质区带剪下，分别用 0.4mol/L NaOH 溶液浸洗下来，进行比色，测定其相对含量。也可以将染色后的薄膜直接用光密度计、凝胶成像系统扫描，测定其相对含量。

本实验采用的醋酸纤维素薄膜电泳，是以醋酸纤维素薄膜为支持物的电泳方法。醋酸纤维素是纤维素的羟基乙酰化形成的纤维素醋酸酯。将它溶于有机溶剂（如丙酮、氯仿、乙酸乙酯等）后，涂成均匀的薄膜，待溶剂蒸发后则成为醋酸纤维素薄膜。该膜具有均一的泡沫状结构，有强渗透性，其厚度约为120μm。

醋酸纤维素薄膜电泳是一种常用的电泳技术。它具有微量、快速、简便、分辨力高、对样品无拖尾和吸附现象等优点，目前已广泛应用于血清蛋白、血红蛋白、糖蛋白、脂蛋白、结合球蛋白、同工酶等的分离及测定方面。

【操作步骤】

1. 准备

（1）醋酸纤维素薄膜的润湿和选择：将薄膜裁成2cm×8cm状，使其漂在缓冲液液面上，若迅速湿润，整条薄膜一致而无白点，则表明薄膜质地均匀（实验中应选择质地均匀的膜）。然后用竹夹轻轻地将薄膜完全浸入缓冲液中，待膜完全浸透后使用（约0.5h）。

（2）制作电桥：将电泳缓冲液倒入电泳槽两边并用虹吸管平衡两边液面。根据电泳槽的纵向尺寸，剪裁尺寸合适的滤纸条。取4层附着在电泳槽的支架上，使它的一端与支架的前沿对齐，而另一端浸入电极槽的缓冲液内。然后，用缓冲液将滤纸全部润湿并驱除气泡，使滤纸紧贴在支架上，即为“滤纸桥”。按照同样的方法，在另一个电极槽的支架上制作相同的“滤纸桥”。它们的作用是联系醋酸纤维素薄膜和两极缓冲液。

2. 点样

取出浸透的薄膜，夹在两层粗滤纸之间，吸去多余的缓冲液，然后平铺在玻璃板上（无光泽面朝上），取血清0.1ml放于洁净载玻片上，再加0.05ml 0.03%溴酚蓝，混匀。用点样器蘸一下（约2～3μl），再“印”在薄膜的点样区（距薄膜一端1.5cm处），使血清均匀分布在点样区，形成具有一定宽度、粗细匀称的直线。事先可在滤纸上练习点样，掌握点样技术，这是获得具有清晰区带的电泳图谱的重要环节之一（图3-1）。

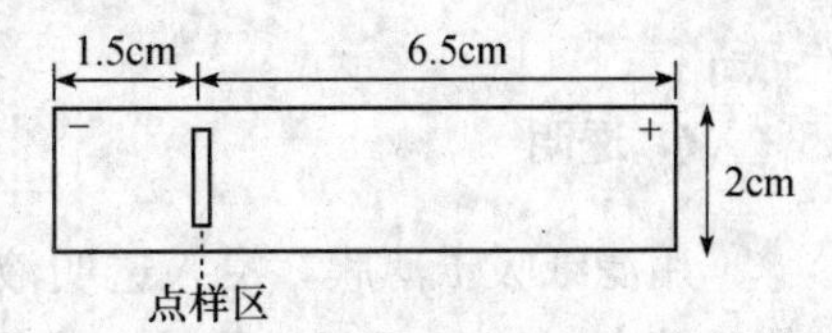

图3-1　醋酸纤维素薄膜规格及点样示意图

3. 电泳

将点好样的薄膜（无光泽面朝下）两端紧贴在支架的滤纸桥上（加血清端靠

负极)，中部悬空平直。平衡 10min，仔细检查电泳装置的线路是否正确，然后通电。打开电源开关，调节电流为 0.4～0.6mA/cm，电压为 10～12V/cm（图 3-2)。在电泳过程中，应注意控制电压和电流强度，防止过高或偏低。待电泳区带展开约 3～5cm 时，关闭电源，一般通电时间为 60min 左右。

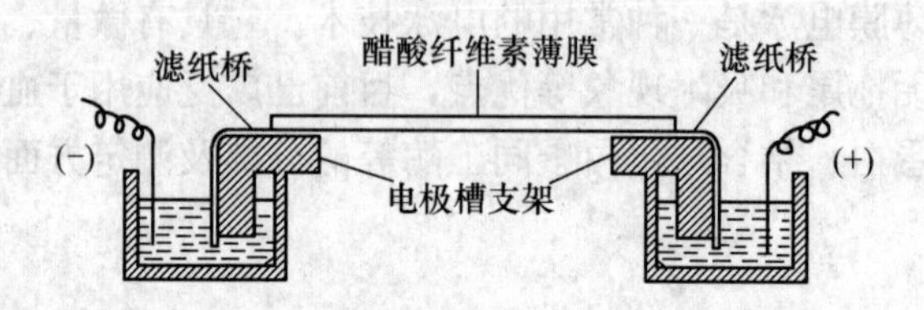

图 3-2 醋酸纤维素薄膜电泳装置示意图

4. 染色

电泳结束后，关闭电源，立即取出薄膜，直接浸入染色液中，染色 5～10min。然后用漂洗液漂洗至背景无色（约 3～5 次)。再浸于蒸馏水中，或用滤纸吸干。

5. 结果判断

一般经漂洗后，薄膜上可呈现清晰的 5 条区带，由正极端起，依次为：清蛋白、α_1 球蛋白、α_2 球蛋白、β 球蛋白、γ 球蛋白（图 3-3)。

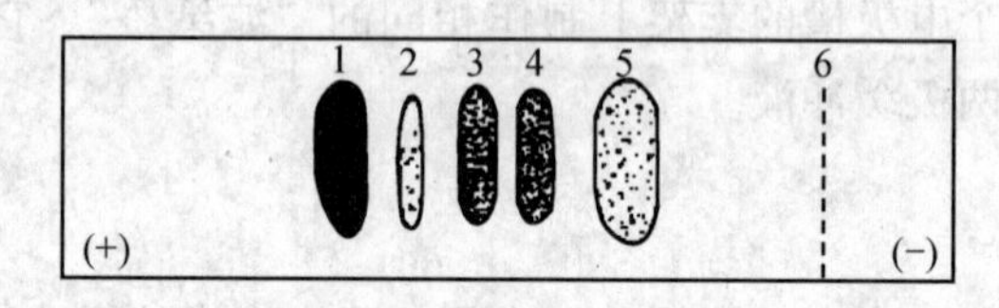

图 3-3 正常人血清醋酸纤维素薄膜电泳示意图

1 为清蛋白；2～5 分别为 α_1、α_2、β 及 γ 球蛋白；6 为点样原点

6. 透明

用滤纸吸干薄膜，浸入透明液的甲液中，2min 后立即取出，再浸入透明液的乙液中，1min 后迅速取出，紧贴在载物片上，赶出气泡。约 2～3min 后薄膜完全透明，放置 10～15min，用吹风机将薄膜吹干。在水龙头下将玻璃板上透明的薄膜润湿后，用单面刀片从膜的一角撬起，并划开一端，再用手捏住撬起的膜轻轻撕下，可以顺利地从玻璃板上取下透明的薄膜。用滤纸吸干，浸入液体石蜡中，约 3min 后取出。再用干净的滤纸吸干、压平，则成为色泽鲜艳而又透明的血清蛋白醋酸纤维素薄膜电泳图谱，可以长期保存而不褪色。

7. 定量

定量有两种方法。

1）洗脱法

将上述漂净的薄膜用滤纸吸干，剪下薄膜上各条蛋白质色带，另取一条与区带近似宽度的无蛋白质附着的空白薄膜，分别浸于 4ml 0.4mol/L NaOH 溶液中，37℃水浴 5～10min，色泽浸出后，用 752 型紫外分光光度计在 590nm 处，以空白膜条洗出液为空白调零，测定各管的吸光值。

设各部分的吸光值分别为：$A_{白}$、A_{α_1}、A_{α_2}、A_{β}、A_{γ}，则吸光值总和（$A_{总}$）为：

$A_{总}=A_{白}+A_{\alpha_1}+A_{\alpha_2}+A_{\beta}+A_{\gamma}$

白蛋白（%）$=A_{白}/A_{总}\times100\%$　　α_1 球蛋白（%）$=A_{\alpha1}/A_{总}\times100\%$

α_2 球蛋白（%）$=A_{\alpha_2}/A_{总}\times100\%$　　β球蛋白（%）$=A_{\beta}/A_{总}\times100\%$

γ球蛋白（%）$=A_{\gamma}/A_{总}\times100\%$

2）光密度计法

待薄膜完全干燥后，浸入透明液中约 10～20min 取出，平贴于干净玻璃片上，干燥，即得背景透明的电泳图谱，可用光密度计测定各蛋白斑点。此图谱可长期保存。

本法测得的血清蛋白各组分正常值为：

白蛋白（%）=67.24%(61.2%～74.5%)。

α_1 球蛋白+α_2 球蛋白+β球蛋白（%）=16.92%(11.2%～22%)。

γ球蛋白（%）=15.84%(10.4%～20.6%)。

【试剂和器材】

1. 试剂

（1）新鲜血清（制备时要无溶血现象）。

（2）巴比妥-巴比妥钠缓冲液（pH8.6，0.075mol/L，离子强度 0.06）：称取巴比妥 1.66g 和巴比妥钠 12.76g，溶于少量蒸馏水后定容至 1000ml。

（3）染色液：称取氨基黑 10B 0.5g，加入蒸馏水 40ml、甲醇 50ml 和冰醋酸 10ml，混匀，储存于试剂瓶中。

（4）漂洗液：取 95%乙醇 45ml、冰醋酸 5ml 和蒸馏水 50ml，混匀。

（5）浸出液：0.4mol/L NaOH 溶液。

（6）透明液。

甲液：取冰醋酸 15ml 和无水乙醇 85ml，混匀。

乙液：取冰醋酸 25ml 和无水乙醇 75ml，混匀。

2. 器材

醋酸纤维素薄膜：市售的电泳用醋酸纤维素薄膜，各种产品质量不一，用时参阅所附说明书；培养皿（直径 9～10cm）；血色素吸管或点样器；直尺和铅笔；电泳仪和电泳槽；镊子；玻璃板（8cm×12cm）；普通滤纸；试管和试管架；吹风机；分光光度计；吸量管；凝胶成像系统或光密度计。

【思考题】

（1）比较醋酸纤维素薄膜电泳与纸电泳的异同点。
（2）指出用醋酸纤维素薄膜作电泳的支持物有何特点。

实验四　考马斯亮蓝染色法测定蛋白质含量

【实验目的】

掌握考马斯亮蓝法测定蛋白质含量的原理和方法。学习分光光度计的原理及使用方法。

【实验原理】

1976年，Bradford建立了利用考马斯亮蓝G-250与蛋白质结合的原理，迅速、敏感地定量测定蛋白质的方法。染料与蛋白质结合后引起染料最大吸收峰的改变，从465nm变为595nm，光吸收值增加。蛋白质-染料复合物具有高的消光系数，因此大大提高了蛋白质测定的灵敏度，最低检出量为1μg蛋白质。染料与蛋白质的结合是很迅速的过程，大约只需2min，结合物的颜色在1h内保持稳定。一些阳离子如K^+、Na^+、Mg^{2+}以及$(NH_4)_2SO_4$、乙醇等物质不干扰测定，而大量的去污剂如TritonX-100，SDS等则严重干扰测定，少量的去污剂可通过用适当的对照而消除。由于染色法简单迅速，干扰物质少，灵敏度高，现已广泛应用于蛋白质含量的测定。

【操作步骤】

1. 标准方法

取含10～100μg蛋白质的溶液于小试管中，用双蒸水或缓冲液调体积至0.1ml，然后加入5ml蛋白试剂，充分振荡混合，2min后于595nm测定光吸收值。以0.1ml双蒸水或缓冲液及5ml蛋白试剂作为空白对照。

2. 微量蛋白质分析法

取含1～10μg蛋白质的溶液，用双蒸水调体积至0.8ml，加0.2ml蛋白质试剂，充分振荡混合，2min后于595nm测定光吸收值，以0.8ml双蒸水及0.2ml蛋白质试剂作为空白对照。

3. 标准曲线的绘制

取6支试管，按下表进行编号并加入试剂，充分混匀。用不同浓度的标准蛋白质溶液作标准曲线，以蛋白质浓度为横坐标，光吸收值为纵坐标，绘制标准曲线作为定量的依据。在标准方法中标准蛋白质溶液的浓度为0～100μg，在微量蛋白质分析法中，标准蛋白质溶液的浓度为0～10μg，其他操作步骤与相应方法相同。

试剂	试管编号					
	0	1	2	3	4	5
标准蛋白质溶液/ml	0.0	0.02	0.04	0.06	0.08	0.1
相当于蛋白质含量/μg	0.0	20.0	40.0	60.0	80.0	100
双蒸水/ml	0.1	0.08	0.06	0.04	0.02	0.0
蛋白质试剂/ml	5.0	5.0	5.0	5.0	5.0	5.0
A_{595}						

4. 蛋白质含量的计算

由样品液的吸光值查标准曲线即可求出蛋白质含量。

【试剂和器材】

1. 试剂

（1）标准蛋白质溶液：可用牛血清清蛋白预先经微量凯氏定氮法测定蛋白质的氮含量，根据其纯度配制成1mg/ml的溶液。或根据牛血清清蛋白的紫外消光系数$A_{1cm}^{1\%}=6.6$来确定。

（2）蛋白质试剂的配制：称取100mg考马斯亮蓝G-250溶于50ml 95%乙醇，加入100ml 85%(*W*/*V*）磷酸，将溶液用蒸馏水稀释定容到1000ml。试剂的终浓度为0.01%考马斯亮蓝G-250、4.7%(*V*/*V*）乙醇和8.5%(*W*/*V*）磷酸。

2. 器材

752型紫外分光光度计；微量注射器；试管及试管架；刻度吸管。

【思考题】

（1）说明考马斯亮蓝染色法的优缺点。

（2）在样品中有大量去污剂时能否使用此法测蛋白质的含量，在样品中有少量去污剂时能否用此法测蛋白质的含量，应如何操作？

实验五　紫外吸收法测定蛋白质含量

【实验目的】

了解紫外吸收法测定蛋白质浓度的原理。熟悉紫外分光光度计的使用。

【实验原理】

蛋白质组成中常含有酪氨酸和色氨酸等芳香族氨基酸，在紫外光 280nm 波长处有最大吸收峰，一定浓度范围内其浓度与吸光度呈正比，故可用紫外分光光度计通过比色来测定蛋白质的含量。由于核酸在 280nm 波长处也有光吸收，对蛋白质测定有一定的干扰作用，但核酸的最大吸收峰在 260nm 处。如同时测定 260nm 的光吸收，通过计算可以消除其对蛋白质测定的影响。因此如溶液中存在核酸时必须同时测定 280nm 及 260nm 的吸光度，才能通过计算测得溶液中的蛋白质浓度。

【操作步骤】

1. 直接测定法

在紫外分光光度计上，将未知的蛋白质溶液小心盛于石英比色皿中，以生理盐水为对照，测得 280nm 和 260nm 两种波长的吸光度（A_{280}及 A_{260}）。将 A_{280}及 A_{260}波长处测得的吸光度按下列公式计算蛋白质浓度。

$$C = 1.45A_{280} - 0.74A_{260}$$

式中，C 为蛋白质质量浓度（mg/ml）；A_{280}为蛋白质溶液在 280nm 处测得的吸光度；A_{260}为蛋白质溶液在 260nm 处测得的吸光度。

本法对微量蛋白质的测定既快又方便，它还适用于硫酸铵或其他盐类混杂的情况，这时用其他方法测定往往较困难。

为方便起见对于混合蛋白质溶液，可用 A_{280}乘以 0.75 来代表其中蛋白质的大致含量（mg/ml）。

2. 标准曲线

1）标准曲线的绘制

取 8 支干净试管，编号，按下表加入试剂。

试剂	试管编号							
	0	1	2	3	4	5	6	7
1mg/ml 卵清蛋白标准液/ml	0	0.5	1.0	1.5	2.0	2.5	3.0	4.0
蒸馏水/ml	4.0	3.5	3.0	2.5	2.0	1.5	1.0	0
蛋白质浓度/（mg/ml）	0	0.125	0.25	0.375	0.5	0.625	0.75	1.0
A_{280}								

加完后，混匀后用紫外分光光度计测 A_{280}，以吸光度为纵坐标，蛋白质浓度为横坐标作图。

2）样品液测定

取未知浓度的蛋白质溶液 1.0ml，加蒸馏水 3.0ml，测 A_{280}，对照标准曲线求得蛋白质浓度。

【试剂和器材】

1. 试剂

（1）卵清蛋白标准液：约 1g 卵清蛋白溶于 100ml 0.9%NaCl 溶液，离心，取上清液，用凯氏定氮法测定其蛋白质含量。根据测定结果，用 0.9%NaCl 溶液稀释卵清蛋白溶液，使其蛋白质含量为 1mg/ml。亦可用 1mg/ml 的牛血清白蛋白溶液。

（2）未知浓度蛋白质溶液：用酪蛋白配制，浓度控制在 1.0～2.5mg/ml 范围内。或用稀释血清代替，准确吸取 0.1ml 血清置于 50ml 容量瓶中，用生理盐水稀释至刻度。

（3）0.9%NaCl 溶液：称取 0.9g NaCl，用蒸馏水定容至 100ml。

2. 器材

752 型分光光度计；容量瓶 50ml、100ml；试管 1.5cm×15cm；刻度吸管 0.50ml、1.0ml、2.0ml、5.0ml。

【思考题】

（1）紫外吸收属于光谱光度分析的哪一类？其基本原理是什么？

（2）若样品中含有核酸类杂质，应如何校正？

实验六　温度、pH、激活剂和抑制剂对酶活性的影响

一、温度、pH对酶活性的影响

【实验目的】

了解温度对酶活性的影响。了解酶活性的最适pH及掌握一种检测最适pH的方法。

【实验原理】

酶的催化作用受温度的影响，在最适温度下，酶的反应速度最高。大多数动物酶的最适温度为37～40℃，植物酶的最适温度为50～60℃。酶对温度的稳定性与其存在形式有关。有些酶的干燥制剂，即使加热到100℃，其活性也无明显改变，但在100℃的溶液中却很快地完全失去活性。低温能降低或抑制酶的活性，但不能使酶失活。酶的活力受环境pH的影响极为显著，不同酶的最适pH不同。

淀粉和可溶性淀粉遇碘呈蓝色。糊精按其分子的大小，遇碘可呈蓝色、紫色、暗褐色或红色。最简单的糊精遇碘不显颜色，麦芽糖遇碘也不显色。在不同温度下，淀粉被唾液淀粉酶水解的程度，可由水解混合物遇碘呈现的颜色来判断。

本实验观察温度和pH对唾液淀粉酶活性的影响，唾液淀粉酶的最适pH约为6.8。

【操作步骤】

1. 温度对酶活性的影响

取3支试管，编号后按下表加入试剂。

试剂	试管编号		
	1	2	3
0.2%淀粉溶液/ml	1.5	1.5	1.5
稀释唾液/ml	1.0	1.0	—
煮沸过的稀释唾液/ml	—	—	1.0
现象			

摇匀后，将 1 号、3 号两试管放入 37℃恒温水浴中，2 号试管放入冰水中。10min 后取出，将 2 号管内的液体分为两半，用碘化钾-碘溶液来检验 1、2、3 号试管内淀粉被唾液淀粉酶水解的程度。将 2 号试管剩下的一半溶液放入 37℃水浴中继续保温 10min 后，再用碘液检验，结果如何？记录并解释结果。

2. pH 对酶活性的影响

取 4 个标有号码的 20ml 试管。用吸管按下表添加 0.2mol/L 磷酸氢二钠溶液和 0.1mol/L 柠檬酸溶液以制备 pH5.0～8.0 的 4 种缓冲液。

试剂	试管编号			
	1	2	3	4
0.2mol/L 磷酸氢二钠/ml	5.15	6.05	7.72	9.72
0.1mol/L 柠檬酸/ml	4.85	3.95	2.28	0.28
pH	5.0	5.8	6.8	8.0
现象				

从 4 个试管中各取缓冲液 3ml，分别注入到 4 支带有号码的试管中，随后于每个试管中添加 0.5%淀粉溶液 2ml 和稀释 50～100 倍的唾液 2ml。向各试管中加入稀释唾液的时间间隔分别为 1min。将各试管内容物混匀，并依次置于 37℃恒温水浴中保温。

第四管加入唾液 2min 后，每隔 1min 由第三管取出一滴混合液，置于白瓷板上，加 1 滴碘化钾-碘溶液，检验淀粉的水解程度。待混合液变为棕黄色时，向所有试管中依次添加 1 或 2 滴碘化钾-碘溶液。添加碘化钾-碘溶液的时间间隔，从第一管起，均为 1min。

观察各试管内容物呈现的颜色，分析 pH 对唾液淀粉酶活性的影响。

【试剂和器材】

1. 试剂

(1) 0.2%淀粉的 0.3% NaCl 溶液：称取 0.2g 淀粉，0.3g NaCl 用少许蒸馏水混匀倒入 80ml 煮沸的蒸馏水中，冷却后定容到 100ml，需新鲜配制。

(2) 稀释 50～100 倍的唾液：用蒸馏水漱口，以清除食物残渣，再含一口蒸馏水，半分钟后使其流入量筒并稀释 50～100 倍（稀释倍数可根据各人唾液淀粉酶活性调整），混匀备用。

(3) 碘化钾-碘溶液：将碘化钾 20g 及碘 10g 溶于蒸馏水中并定容到 100ml。使用前稀释 10 倍。

(4) 0.5%淀粉的0.3%NaCl溶液：称取0.5g淀粉，0.3g NaCl，用少许蒸馏水混匀倒入80ml煮沸的蒸馏水中，冷却后定容到100ml，需新鲜配制。

2. 器材

试管及试管架；冰浴；恒温水浴；沸水浴；试管夹；白瓷板；吸量管；滴管。

【思考题】

(1) 唾液淀粉酶的最适温度是多少?
(2) 低温对酶有什么影响?

二、激活剂和抑制剂对酶活性的影响及酶的专一性

【实验目的】

了解激活剂和抑制剂对酶活性的影响。了解酶的专一性。

【实验原理】

酶的活性受激活剂或抑制剂的影响。氯离子为唾液淀粉酶的激活剂，而铜离子为其抑制剂。酶具有高度的专一性。本实验以唾液淀粉酶和蔗糖酶对淀粉和蔗糖的作用为例，来说明酶的专一性。淀粉和蔗糖无还原性。唾液淀粉酶水解淀粉生成有还原性的麦芽糖，但不能催化蔗糖的水解。蔗糖酶能催化蔗糖的水解产生有还原性的葡萄糖和果糖，但不能催化淀粉的水解。用Benedict试剂检查糖的还原性。

【操作步骤】

1. 激活剂和抑制剂对酶活性的影响

取4支试管按下表加入试剂，观察现象并记录。

试剂	试管编号			
	1	2	3	4
0.1%淀粉溶液/ml	1.5	1.5	1.5	1.5
稀释唾液/ml	0.5	0.5	0.5	0.5
1% $CuSO_4$ 溶液/ml	0.5	—	—	—

续表

试剂	试管编号			
	1	2	3	4
1% NaCl 溶液/ml	—	0.5	—	—
1% Na_2SO_4 溶液/ml	—	—	0.5	—
蒸馏水/ml	—	—	—	0.5
	37℃恒温水浴 10min			
碘化钾-碘溶液/滴	2～3	2～3	2～3	2～3
现象				

注：保温时间可根据各人唾液淀粉酶活力来调整。

2. 酶的专一性

1）淀粉酶的专一性

取 6 支试管按下表加入试剂，观察现象并记录。

试剂	试管编号					
	1	2	3	4	5	6
1%淀粉溶液/滴	4	—	4	—	4	—
2%蔗糖溶液/滴	—	4	—	4	—	4
稀释唾液/ml	—	—	1	1	—	—
煮沸过的稀释唾液/ml	—	—	—	—	1	1
蒸馏水/ml	1	1	—	—	—	—
	37℃恒温水浴 15min					
Benedict 试剂/ml	1	1	1	1	1	1
	沸水浴 2～3min					
现象						

2）蔗糖酶的专一性

取 6 支试管按下表加入试剂，观察现象并记录。

试剂	试管编号					
	1	2	3	4	5	6
1%淀粉溶液/滴	4	—	4	—	4	—
2%蔗糖溶液/滴	—	4	—	4	—	4
蔗糖酶溶液/ml	—	—	1	1	—	—
煮沸过的蔗糖酶溶液/ml	—	—	—	—	1	1
蒸馏水/ml	1	1	—	—	—	—
	37℃恒温水浴 5min					
Benedict 试剂/ml	1	1	1	1	1	1
	沸水浴 2～3min					
现象						

【试剂和器材】

1. 试剂

（1）0.1%淀粉溶液：称取0.1g淀粉，用少许蒸馏水混匀倒入80ml煮沸的蒸馏水中，冷却后定容到100ml，需新鲜配制。

（2）稀释50～100倍的新鲜唾液。

（3）1% NaCl溶液：称取1g NaCl，用蒸馏水溶解并定容到100ml。

（4）1% $CuSO_4$ 溶液：称取1g $CuSO_4$，用蒸馏水溶解并定容到100ml。

（5）1% Na_2SO_4 溶液：称取1g Na_2SO_4，用蒸馏水溶解并定容到100ml。

（6）碘化钾-碘溶液：将碘化钾20g及碘10g溶于蒸馏水中并定容到100ml。使用前稀释10倍。

（7）2%蔗糖溶液：称取2g蔗糖，溶于蒸馏水并定容到100ml。

（8）溶于0.3%NaCl的1%淀粉溶液：称取1g淀粉，0.3g NaCl用少许蒸馏水混匀倒入80ml煮沸的蒸馏水中，冷却后定容到100ml，需新鲜配制。

（9）蔗糖酶溶液：将啤酒厂的鲜酵母用水洗涤2或3次（离心法）。然后放在滤纸上自然干燥。称取干酵母100g，置于研钵内，添加适量蒸馏水及少量石英砂，用力研磨提取1h，再加蒸馏水使总体积约为原体积的10倍。离心，将上清液保存于冰箱中备用。

（10）Benedict试剂：无水 $CuSO_4$ 17.4g溶于100ml温蒸馏水中，冷却后稀释至150ml。取柠檬酸钠173g，无水 Na_2CO_3 100g和600ml蒸馏水共热，溶解后冷却并加蒸馏水至850ml。再将冷却的150ml $CuSO_4$ 溶液倾入。本试剂可长期保存。

2. 器材

恒温水浴；电炉；试管及试管架；大烧杯；吸量管；石棉网；吸耳球。

【思考题】

（1）本实验中硫酸钠起什么作用？

（2）唾液淀粉酶的激活剂和抑制剂分别是什么？

（3）本实验结果如何证明酶的专一性？

注：各表中的现象应为实验最终现象的记录。

实验七　DNA 的含量测定

(二苯胺法)

【实验目的】

学习和掌握二苯胺法测定 DNA 含量的原理和方法。

【实验原理】

DNA 分子中的脱氧核糖，在酸性溶液中变成 ω-羟基-γ-酮基戊醛，与二苯胺试剂作用生成蓝色化合物（$\lambda_{max}=595nm$）。在 DNA 浓度为 20～200μg/ml 的范围内，其吸光度与 DNA 浓度成正比，可用比色法测定。在反应液中加入少量乙醛，可以提高反应的灵敏度。除 DNA 外，脱氧木糖、阿拉伯糖也有同样的反应。其他多数糖类，包括核糖在内，一般无此反应。

【操作步骤】

1. 标准曲线的绘制

取 6 支试管，按下表加入各种试剂，混匀，于 60℃恒温水浴保温 45min，冷却后，在 595nm 波长下，进行比色测定，以 DNA 浓度为横坐标，吸光度为纵坐标，绘制标准曲线。

试　剂	试管编号					
	0	1	2	3	4	5
标准 DNA 溶液/ml	0.0	0.4	0.8	1.2	1.6	2.0
蒸馏水/ml	2.0	1.6	1.2	0.8	0.4	0.0
二苯胺试剂/ml	4.0	4.0	4.0	4.0	4.0	4.0
A_{595}						

2. 样品的测定

取 2 支试管，各加入 DNA 样液 1.0ml，蒸馏水 1.0ml，混匀。然后准确加入二苯胺试剂 4.0ml，混匀，于 60℃恒温水浴保温 45min，冷却后，选 595nm

波长，于 752 型紫外分光光度计上比色测定，根据所得的吸光度对照标准曲线求得 DNA 的质量（μg）。

3. DNA 含量的计算

根据测得的光吸收值，从标准曲线上查出相应该吸光度的 DNA 含量，按下式计算出样品中 DNA 的含量，即

$$W = \frac{m_1}{m_2} \times 100\%$$

式中，W 为 DNA 的质量分数（%）；m_1 为样液中测得的 DNA 的质量（μg）；m_2 为样液中所含样品的质量（μg）。

【试剂和器材】

1. 试剂

（1）DNA 标准溶液（200μg/ml）：取小牛胸腺 DNA 以 0.01mol/L NaOH 溶液配制成 200μg/ml 的溶液。

（2）DNA 样液：准确称取 DNA 干制品以 0.01mol/L NaOH 溶液配制成 100μg/ml 的溶液。

（3）二苯胺试剂：称取纯二苯胺（如不纯，需在 70%乙醇中重结晶 2 次）1g 溶于 100ml 的冰醋酸中，再加入 10ml 过氯酸（60%以上），混匀待用。当所用药品纯净时，配得试剂应为无色，临用前加入 1ml 1.6%乙醛溶液（乙醛溶液应保存于冰箱中，一周内可使用），储存于棕色瓶。

（4）0.01mol/L NaOH 溶液。

（5）冰醋酸。

（6）过氯酸。

（7）1.6%乙醛溶液。

2. 器材

坐标纸；吸管 0.20ml、0.50ml、1.0ml；试管 1.5cm×15cm；752 型紫外分光光度计；恒温水浴锅。

【思考题】

（1）该方法的适用范围是什么？

（2）二苯胺试剂中的过氯酸起什么作用？

实验八　地衣酚显色法测定 RNA 含量

【实验目的】

了解化学方法测定 RNA 的原理及操作方法

【实验原理】

核糖核酸与浓盐酸共热时，即发生降解，形成的核糖继而转变成糠醛，后者与 3,5-二羟基甲苯（地衣酚）反应呈鲜绿色，该反应需用三氯化铁或氯化铜作催化剂，反应产物在 670nm 处有最大吸光度。RNA 在 20～250μg 范围内时，吸光度与 RNA 的浓度成正比。地衣酚反应特异性较差，凡戊糖均有此反应，DNA 和其他杂质也能反应产生类似的颜色。因此测定 RNA 时可先测定 DNA 含量，再计算出 RNA 含量。

【操作步骤】

1. RNA 标准曲线的制作

取 10 支试管，分成 2 组，依次加入 0.5、1.0、1.5、2.0 和 2.5ml RNA 标准溶液。分别加入蒸馏水使最终体积为 2.5ml。另取 2 支试管，各加入 2.5ml 蒸馏水作为对照。然后各加入 2.5ml 地衣酚试剂。混匀后，于沸水浴内加热 20min 后，取出冷却（自来水中）。于 670nm 波长处测定吸光度。取两管平均值，以 RNA 浓度为横坐标，吸光度为纵坐标作图，绘制标准曲线。

2. 样品的测定

取 2 支试管，各加入 2.5ml 待测液（样品量应在标准曲线的可测范围之内），再加 2.5ml 地衣酚试剂，如前所述进行测定。

3. RNA 含量的计算

根据测得的吸光度，从标准曲线上查出相当该吸光度的 RNA 含量，按下式

计算出制品中 RNA 的百分含量

$$\text{RNA\%} = \frac{\text{待测液中测得的 RNA 微克数}}{\text{待测液中制品的微克数}} \times 100\%$$

【试剂和器材】

1. 试剂

（1）RNA 标准溶液（须经定磷确定其纯度）：取酵母 RNA 配成 100μg/ml 溶液。

（2）样品待测液：准确稀释，使每毫升溶液含 RNA 干燥制品 50～100μg。

（3）地衣酚试剂：先配制 0.1% $FeCl_3$ 的浓盐酸溶液，实验前此溶液作为溶剂配成 0.1%地衣酚溶液。

2. 器材

分析天平；沸水浴；试管；吸量管；752 型紫外分光光度计。

【思考题】

（1）该方法所测得的值中能精确代表 RNA 的含量吗？应如何获得精确值？

（2）该方法适合测定样品中 RNA 的浓度为多大？不在该浓度范围内的样品应如何处理？

实验九　DNA 的琼脂糖凝胶电泳

【实验目的】

学习并掌握琼脂糖凝胶电泳的原理和基本操作，掌握通过 DNA 的琼脂糖凝胶电泳测定 DNA 的纯度、含量和相对分子质量的技术。

【实验原理】

琼脂糖凝胶电泳是分子生物学中最常用的鉴定 DNA 的方法，它简便易行，只需少量 DNA。DNA 分子在琼脂糖凝胶电泳中泳动是由电荷效应和分子筛效应所致，前者由分子所带电荷量的多少而定，后者则主要与分子大小及其构象有关。DNA 分子在高于其等电点的 pH 溶液中带负电荷，在电场中向正极移动。由于糖-磷酸骨架在结构上的重复性质，相同数量的双链 DNA 几乎具有等量的净电荷，因此它们能以同样的速度向正极移动。在一定的电场强度下，DNA 分子的泳动速度取决于 DNA 分子大小和构象，具有不同相对分子质量的 DNA 片段其泳动速度不同，DNA 分子的迁移速度与其相对分子质量的对数成反比。另外 DNA 分子的构象也可影响其迁移速度，同样相对分子质量的 DNA，超螺旋共价闭环质粒 DNA（covalently closed circular DNA，cccDNA）迁移速度最快，线状 DNA（linear DNA）其次，开环 DNA（open circular DNA，ocDNA）最慢。

观察琼脂糖凝胶中 DNA 的最简便方法是利用荧光染料溴化乙啶（EB）染色，EB 分子是一种扁平分子，在紫外灯照射下，发出红色荧光。当 DNA 在琼脂糖凝胶电泳中泳动时，加入的 EB 就可以嵌入 DNA 双链的碱基之间，形成一种荧光络合物，使发色的荧光增强几十倍。而荧光的强度正比于 DNA 的含量，如将已知的标准样品作电泳对照，就可估计出待测样品的浓度。琼脂糖凝胶电泳分离 DNA 的范围较广，用各种浓度的琼脂糖凝胶可以分离不同长度（即 200bp～50kb）的 DNA。具体情况见下表。

琼脂糖的含量/%	分离线状 DNA 分子的有效范围/kb
0.3	5～60
0.6	1～20
0.7	0.8～10

续表

琼脂糖的含量/%	分离线状DNA分子的有效范围/kb
0.9	0.5～7
1.2	0.4～6
1.5	0.2～4
2.0	0.1～3

综上所述，通过琼脂糖凝胶电泳可知DNA的纯度、含量和相对分子质量。

【操作步骤】

1. 琼脂糖凝胶的制备

（1）洗净有机玻璃制胶内槽，置水平位置备用。

（2）根据制胶槽大小，称取一定量的琼脂糖，放入锥形瓶中，按1%的浓度加入0.5×TBE缓冲液，三角瓶上倒扣一个小烧杯，置微波炉或水浴中加热至完全溶化，取出摇匀，冷却至约60℃时，加入EB溶液，使EB终浓度为0.5μg/ml（操作时戴手套）。

2. 凝胶板的制备

（1）将冷却至约60℃的琼脂糖凝胶缓慢倒入制胶模槽，厚度一般为3～5mm，排除梳齿间或梳齿下的气泡（一般轻轻抖动梳子即可）。

（2）室温下放置30～40min使琼脂糖完全凝固，小心取出梳子，将胶槽置于电泳槽内，加入0.5×TBE缓冲液，使液面高于胶面1mm（图9-1）。注意：电泳槽中缓冲液和配置凝胶的缓冲液完全一致，最好为同一次配制的溶液。

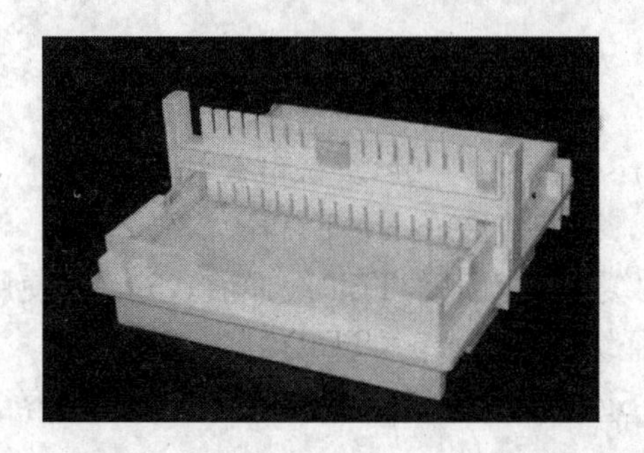

图9-1　琼脂糖凝胶的制备

3. 加样

取样品液和标准样品DNA各50μl，分别加入10μl溴酚蓝指示剂，混匀后，用微量加样器（移液枪或注射器）将样品加入点样孔中，枪头不可碰孔壁。0.5cm×0.5cm×0.15cm 的标准孔的最大上样容积为 37.5μl，单一分子 DNA 每孔可加入 DNA 100～500ng，DNA 的混合物每孔可加入 20～30μg。测定相对分子质量时，两侧均应加标准样品 DNA，盐分过高的样品需脱盐。

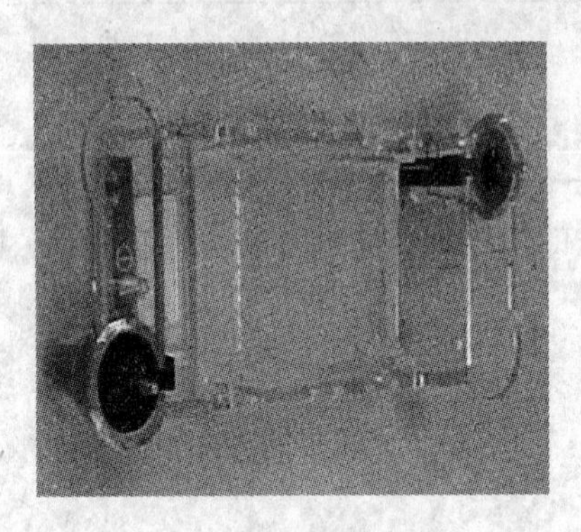

图 9-2 琼脂糖电泳

4. 电泳

（1）接通电泳槽和电泳仪，注意 DNA 向正极移动，加样端要接负极（图 9-2）。DNA 的迁移速度与电压成正比，电压选择为 1～5V/cm。

（2）当溴酚蓝染料移动到距凝胶前沿 1～2cm 处时，停止电泳。

5. 观察

在 254nm 波长紫外灯下（戴上防护眼镜）观察电泳结果，并可将凝胶置于紫外投射仪的玻璃板上，打开紫外灯，用配有近摄接圈和红色滤片的照相机，采用全色胶带、50～60cm 距离、5.6 光圈，根据荧光条带深浅进行选择，曝光 10～20s。也可用凝胶自动成像仪处理结果。

【试剂和器材】

1. 试剂

（1）琼脂糖。

（2）0.5×TBE 缓冲液：称取 Tris 10.88g、硼酸 5.52g 和 $EDTA\text{-}Na_2$ 0.72g，用蒸馏水溶解后，定容至 200ml，即配成 89mmol/L Tris、89mmol/L 硼酸、2mmol/L EDTA、pH8.3（5×）的缓冲液，简称 TBE 缓冲液（5×）。使用时，用蒸馏水稀释 10 倍，称为 TBE 稀释缓冲液（0.5×TBE）。

（3）5mg/ml EB 溶液：准确称取 0.5g 的溴化乙锭，加重蒸水溶解，定容至 100ml，避光保存。

（4）标准样品 DNA。

（5）6×样品缓冲液：称取 0.025g 溴酚蓝和 0.025g 二甲苯腈，用少许蒸馏水溶解，再加 6.0ml 甘油，用蒸馏水定容至 10ml。

2. 器材

电泳槽；微波炉；锥形瓶；小烧杯；微量加样器（移液枪或注射器）；电泳仪；紫外投射仪或凝胶自动成像仪。

注意事项：

（1）EB 为强致癌剂，使用时一定要戴手套。

（2）加在凝胶中的 EB 电泳时向负极移动，使 DNA 迁移率下降 15%，对带形有一定的影响。可在凝胶中不加 EB，等电泳结束后，将凝胶置于 0.5μg/ml 的 EB 中染色 30min。

（3）此外，如操作熟练，可将 EB 预先加入到琼脂糖中，使其浓度达到 0.5μg/ml，电泳完毕，取出，可立即在紫外灯下观察。

（4）紫外灯下观察结果时，应戴防护眼镜。

（5）EB 废液要经过处理才可丢弃，较容易的方法是：用水将其稀释成 0.5μg/ml 以下，加入 1 倍体积 0.5mol/L $KMnO_4$ 溶液摇匀，再加 1 倍体积 2.5mol/L HCl 摇匀，室温下放置数小时，再加入 1 倍体积的 2.5mol/L NaOH 溶液混匀即可废弃。

【思考题】

琼脂糖凝胶电泳如何测定 DNA 的相对分子质量？

实验十　肝糖原的提取和鉴定

【实验目的】

学会和掌握肝糖原提取和鉴定的原理和方法，并正确掌握使用离心机的方法步骤。

【实验原理】

肝糖原是糖在机体内的重要储存形式之一。储存量虽不多，但在代谢过程中，它是机体内糖的重要来源之一。其合成或分解，对血糖浓度的调节起着重要的作用。糖原是高分子化合物（相对分子质量约400万），微溶于水，无还原性，与碘作用呈棕红色。提取糖原是将新鲜的肝组织与石英砂及三氯乙酸共同研磨，当肝组织充分破碎后，其中的蛋白质被三氯乙酸所沉淀，而糖原仍留于溶液中。过滤除去沉淀。在上清液中加入乙醇溶液，糖原从溶液中沉淀析出。离心后将沉淀的糖原溶于水，一部分作碘的颜色反应，一部分经酸水解成葡萄糖后，用斑氏（Benedict）试剂检验。

【操作步骤】

1. 肝糖原提取

（1）用断头法处死兔或大鼠，立即取出肝脏，迅速以滤纸吸去附着的血液。称取肝组织约2g，置研钵中，加石英砂少许及10%三氯乙酸2ml，研磨5min。

（2）再加5%三氯乙酸4ml，继续研磨1min，至肝脏组织已充分磨成糜状为止，然后以2500r/min离心10min。

（3）小心将离心管上清液转入另一有刻度的离心管中并量取体积，加入同体积的95%乙醇，混匀后，静置10min，此时糖原成絮状沉淀析出。

（4）溶液以2500r/min离心10min。弃去上清液，并将离心管倒置于滤纸上1～2min。

（5）在沉淀内加入蒸馏水1ml，用细玻璃棒搅拌沉淀至溶解，即成糖原溶液。

2. 鉴定

（1）取2支小试管，一支加糖原溶液10滴，另一支加蒸馏水10滴，然后在两管中各加碘-碘化钾溶液1滴，混匀，比较两管溶液颜色有何不同？解释之。

（2）在剩余的糖原溶液内，加浓盐酸3滴，放在沸水浴中加热10min以上。取出冷却，然后以20% NaOH溶液中和至中性（用pH试纸试验）。

（3）向上述溶液内，加入斑氏试剂2ml，再置沸水浴中加热5min，取出冷却。观察沉淀的生成，并解释之。

【试剂和器材】

1. 试剂

（1）洁净石英砂。

（2）10%三氯乙酸溶液：称取10g三氯乙酸，用蒸馏水溶解并定容到100ml。

（3）5%三氯乙酸溶液：称取5g三氯乙酸，用蒸馏水溶解并定容到100ml。

（4）95%乙醇。

（5）浓盐酸（HCl比重1.19）。

（6）20% NaOH溶液：称取20gNaOH，用蒸馏水溶解并定容到100ml。

（7）碘-碘化钾溶液：称取碘1g，碘化钾2g，溶于500ml蒸馏水中。

（8）Benedict试剂：见实验六。

2. 器材

新鲜肝组织；研钵；电炉或沸水浴；离心机和离心管；滤纸；小试管和试管架；广泛pH试纸；天平；药勺；手术剪刀；镊子等。

附注

（1）实验兔或大鼠在实验前必须饱食，因为空腹时肝糖原含量易于减少或耗尽。

（2）肝脏离体后，肝糖原会迅速分解。因此在杀死动物后，所得肝脏必须迅速以三氯乙酸处理以防其分解。

【思考题】

（1）提取肝糖原时，实验动物在实验前为什么必须是饱食的？

（2）在杀死实验动物后，离体肝脏为什么要迅速用三氯乙酸处理？

（3）提取肝糖原的第一步是将新鲜肝组织与三氯乙酸溶液置研钵中共同研磨，此时三氯乙酸的主要作用是什么？

（4）在提取肝糖原实验中，使糖原从溶液中沉淀析出应添加什么试剂？

实验十一　3,5-二硝基水杨酸比色定糖法

【实验目的】

掌握3,5-二硝基水杨酸比色法定糖的原理及方法。用3,5-二硝基水杨酸定糖法测定山芋粉中的总糖及还原糖。进一步熟悉可见光分光光度计的原理及使用方法。

【实验原理】

本实验是利用3,5-二硝基水杨酸与还原糖共热后被还原成棕红色的氨基化合物，在一定范围内还原糖的量与棕红色物质颜色深浅的程度成一定比例关系，可用于比色测定。该方法操作简便，快速，杂质干扰较少。

【操作步骤】

1. 葡萄糖标准曲线的制作

葡萄糖标准液的配制：准确称取100mg分析纯的无水葡萄糖（预先105℃干燥至恒重），用少量蒸馏水溶解后，转移到100ml容量瓶中，再定容到刻度，摇匀。浓度为1mg/ml。取9支25mm×250mm的试管，分别按下表加入试剂：

试　剂	试管编号								
	0	1	2	3	4	5	6	7	8
葡萄糖标准液/ml	0	0.2	0.4	0.6	0.8	1.0	1.2	1.4	1.6
相当于葡萄糖量/mg	0	0.2	0.4	0.6	0.8	1.0	1.2	1.4	1.6
蒸馏水/ml	2.0	1.8	1.6	1.4	1.2	1.0	0.8	0.6	0.4
3,5-二硝基水杨酸试剂/ml	1.5	1.5	1.5	1.5	1.5	1.5	1.5	1.5	1.5

将各管溶液混合均匀，在沸水浴中加热5min，取出后立即用水冷却到室温，再向每管加入21.5ml蒸馏水，摇匀。于520nm波长处测吸光度。以葡萄糖mg数为横坐标，吸光度为纵坐标，绘制标准曲线。

2. 样品中总糖和还原糖含量的测定

以测定山芋粉中总糖和还原糖含量为例。

（1）样品中还原糖的提取：准确称取 2g 山芋粉，放在 100ml 烧杯中，先以少量水调成糊，然后加 50～60ml 蒸馏水，于 50℃恒温水浴中保温 20min，过滤，将滤液收集在 100ml 容量瓶中，再定容至 100ml。

（2）样品中总糖的水解及提取：准确称取 1g 山芋粉，放在锥形瓶中，加入 10ml 6mol/L 盐酸，15ml 蒸馏水，在沸水浴中加热半小时，取出 1、2 滴置于白瓷板上，加 1 滴碘-碘化钾溶液检查水解是否完全。如已水解完全，则不呈现蓝色。冷却后加入 1 滴酚酞指示剂，以 10％NaOH 溶液中和至溶液呈微红色，过滤并定容到 100ml。再精确吸取上述溶液 10ml 于 100ml 容量瓶中，定容到刻度，混匀备用。

（3）样品中糖含量的测定：取 7 支 25mm×250mm 试管分别按下表加入试剂：

试　剂	空白	还原糖			总糖		
	0	1	2	3	4	5	6
样品溶液/ml	0	1.0	1.0	1.0	1.0	1.0	1.0
蒸馏水/ml	2.0	1.0	1.0	1.0	1.0	1.0	1.0
3,5-二硝基水杨酸试剂/ml	1.5	1.5	1.5	1.5	1.5	1.5	1.5

加完试剂后，其余操作均与制作标准曲线时相同。测定后，取样品吸光度的平均值在标准曲线上查出相应的糖量。用下式计算出山芋粉中还原糖与总糖的百分含量，即

$$还原糖\ \% = \frac{还原糖毫克数 \times 样品稀释倍数}{样品重量} \times 100\%$$

$$总糖\ \% = \frac{样品水解后还原糖毫克数 \times 样品稀释倍数}{样品重量} \times 100\%$$

【试剂和器材】

1. 试剂

（1）3,5-二硝基水杨酸试剂。

甲液：溶解 6.9g 结晶酚于 15.2ml 10％NaOH 溶液中，并用蒸馏水稀释至 69ml，在此溶液中加入 6.9g 亚硫酸氢钠。

乙液：称取 255g 酒石酸钾钠加到 300ml 10％NaOH 溶液中，再加入 880ml 1％ 3,5-二硝基水杨酸溶液。

将甲、乙两溶液混合即得黄色试剂，储于棕色瓶中备用。在室温放置7～10d以后使用。

(2) 6 mol/L盐酸。

(3) 10% NaOH溶液：称取10g NaOH，溶于100ml蒸馏水中。

(4) 酚酞指示剂：称取0.1g酚酞，溶于250ml 70%乙醇中。

(5) 碘-碘化钾溶液：称取5g碘，10g碘化钾溶于100ml蒸馏水中。

(6) 山芋粉。

2. 器材

25mm×250mm试管；恒温水浴；分光光度计；烧杯；容量瓶；移液管。

【思考题】

(1) 写出3,5-二硝基水杨酸的化学结构式。

(2) 比色测定时为什么要设定空白管？

(3) 总糖包括哪些化合物？

实验十二　卵磷脂的提取和鉴定

【实验目的】

掌握卵磷脂的提取方法及其鉴定方法。

【实验原理】

卵磷脂在脑、神经组织、肝、肾上腺和红细胞中含量较多。卵磷脂易溶于乙醇、乙醚等脂溶剂，可利用此溶剂提取。新提取的卵磷脂为白色蜡状物，与空气接触后因所含不饱和脂肪酸被氧化而成黄褐色，卵磷脂中的胆碱基在碱性溶液中可分解成三甲胺，具有特殊的鱼腥味，可鉴别。卵磷脂不溶于丙酮，利用这一性质，可以将其同中性脂分开。

【操作步骤】

1. 提取

于小烧杯内置蛋黄 2g，加入热 95％乙醇 15ml，边加边搅，冷却后过滤。如滤液混浊，则需重滤直到完全透明。将滤液置蒸发皿内，蒸气浴上蒸干，残留物即为卵磷脂。

2. 鉴定

取提取的卵磷脂少许，置试管内加 10％ NaOH 溶液 2ml，水浴加热，看是否产生鱼腥味。另取一些卵磷脂溶于 1ml 乙醇中，添加 1～2ml 丙酮，观察变化。

【试剂和器材】

1. 试剂

（1）鸡蛋卵黄。
（2）95％乙醇。

(3) 10% NaOH 溶液。
(4) 丙酮。

2. 器材

烧杯；漏斗；蒸发皿；酒精灯；试管；铁架台；石棉网；量筒。

【思考题】

(1) 卵磷脂的主要生理功能有哪些?
(2) 工业用大豆卵磷脂是如何制备的?
(3) 卵磷脂在食品工业的应用有哪些?

实验十三　油脂酸价的测定

【实验目的】

掌握测定油脂中游离脂肪酸含量的方法。

【实验原理】

油脂暴露于空气中一段时间后，在脂肪水解酶或微生物繁殖产生的酶的作用下，部分甘油三酯会分解产生游离的脂肪酸，使油脂变质酸败。因此，油脂中游离脂肪酸含量就能够反映油脂的新鲜程度。游离脂肪酸的含量可以用中和 1g 油脂所需的氢氧化钾毫克数，即酸价来表示。油脂中游离脂肪酸含量越高，中和时所用氢氧化钾的量就越高，所得的酸价就越大，表明该油脂的质量越差。

【操作步骤】

取干燥洁净的三角瓶两只分别准确称取油脂样品 1.5g，另取一只三角瓶不加油脂样品作为空白对照。在三只瓶中分别加入 30ml 乙醚-乙醇混合液，仔细摇动混匀，使油脂完全呈透明状态，可以酌情增加混合液用量或在 50～60℃水浴上加热至完全溶解。油脂溶解后加入 1%酚酞指示剂 1～2 滴，用 0.10mol/L 标准氢氧化钾溶液进行滴定至溶液出现浅红色，30s 不褪色为止。油脂的酸价按下式进行计算：

$$\text{酸价} = \frac{V_2 - V_1}{W} \times 0.10 \times 56$$

式中，V_2 为滴定油样时耗用氢氧化钾溶液的毫升数；V_1 为滴定空白对照时耗用的氢氧化钾溶液毫升数；W 为油样重（g）。

【试剂和器材】

1. 试剂

（1）乙醚-乙醇混合液：无水乙醚和 95%乙醇按 1∶1 体积比均匀混合，加酚酞指示剂，用 0.10mol/L 氢氧化钾溶液调至中性。

（2）1％酚酞乙醇溶液：称取 1g 酚酞溶于 100ml 95％乙醇中。

（3）0.10mol/L 氢氧化钾溶液。

2. 器材

三角瓶；碱式滴定管；水浴锅；豆油或菜油；滴定台。

【思考题】

（1）为什么油脂要选择乙醚-乙醇混合液来溶解？

（2）深色油脂测定酸价时应注意哪些问题？

实验十四　荧光法测定维生素 B_2 含量

【实验目的】

了解荧光法测定维生素 B_2 的原理并掌握其测定方法。

【实验原理】

维生素 B_2 耐热，对空气、氧气稳定，微溶于水，水溶液呈黄绿色荧光。在稀溶液中，荧光的强度与核黄素的浓度成正比，当加入氧化剂低亚硫酸钠后，样品中的杂质和维生素 B_2 都被还原成无荧光的物质。由还原前后的荧光差值，可以测定维生素 B_2 的含量。

【操作步骤】

1. 样品处理

称取牛奶 5～10g（或匀浆后的菠菜，含维生素 B_2 5～10μg 为宜）于 100ml 的烧杯中，加入 0.1mol/L 盐酸 50ml，放入灭菌锅中处理 30min（或常压下加热水解），冷却后，用 0.1mol/L 氢氧化钠调 pH 为 6。再立即用 1mol/L 盐酸调 pH 为 4.5，即可使杂质沉淀，将此溶液移至 100ml 容量瓶中，加蒸馏水定容，过滤。

2. 测定

取 4 支试管，其中 2 支分别加入 10ml 滤液和 1ml 蒸馏水，另外 2 支分别加入 10ml 滤液和 1ml 核黄素标准液（0.5μg/ml），分别测定荧光读数，加入少量 $Na_2S_2O_4$（20mg），将荧光淬灭后再分别读数（E_x 440nm，E_m 525nm）。

3. 计算

$$维生素\ B_2(mg/100g) = \frac{A-C}{B-A} \times \frac{\rho}{10} \times \frac{d}{m} \times 100\%$$

式中，d 为标准溶液浓度（μg/ml）；10 为滤液毫升数；ρ 为稀释倍数；m 为样品重；*A* 为滤液加水的荧光读数；*B* 为滤液加维生素标准液的荧光读数；*C* 为滤液加低亚硫酸钠后的荧光读数。

注意事项：

(1) 因维生素 B_2 在碱性溶液中不稳定，因而加 0.1mol/L NaOH 溶液时应边加边摇，防止局部碱度过大，破坏维生素 B_2。

(2) 样品提取液中如有色素，会吸收部分荧光，所以要用高锰酸钾氧化以除去色素。

(3) 维生素 B_2 不易被中等氧化剂或还原剂破坏，但有 Fe^{2+} 存在时，维生素 B_2 容易被过氧化氢所破坏。

【试剂和器材】

1. 试剂

(1) 低亚硫酸钠（$Na_2S_2O_4$）。

(2) 0.1mol/L HCl。

(3) 0.1mol/L NaOH。

(4) 核黄素标准溶液（0.5μg/ml）：吸取储备液（25μg/ml）1ml，用蒸馏水稀释至 50ml，用时现配。

2. 器材

荧光光度计；电炉；100ml 容量瓶；漏斗；滤纸；牛奶；灭菌锅。

【思考题】

(1) 荧光产生的机制是什么？

(2) 简述维生素 B_2 的其他定量方法。

实验十五　血清谷丙转氨酶活力测定

【实验目的】

了解转氨酶的性质及临床意义。掌握测定谷丙转氨酶（GPT 或 ALT）活力的方法。

【实验原理】

在氨基酸分解代谢中，联合脱氨基作用是大多数氨基酸的主要代谢方式，通过转氨基作用与谷氨酸氧化脱氨基作用耦联而完成。此过程可用下式表示：

$$H_2N{-}CH(R){-}COOH \text{（氨基酸）} + HOOC{-}(CH_2)_2{-}C(=O){-}COOH \xrightarrow[\text{转氨酶}]{B_6{-}P} O{=}C(R){-}COOH + HOOC{-}(CH_2)_2{-}CHNH_2{-}COOH$$

$$HOOC{-}(CH_2)_2{-}CHNH_2{-}COOH + NAD^+(NADP)^+ + H_2O \xrightarrow{\text{谷氨酸脱氢酶}} HOOC{-}(CH_2)_2{-}C(=O){-}COOH + NADH(NADPH) + NH_3$$

本实验以丙氨酸的氧化脱氨为例，测定谷丙转氨酶的活性。在谷丙转氨酶的催化下，丙氨酸和 α-酮戊二酸作用生成丙酮酸和谷氨酸。此反应可逆，平衡点接近于 1。无论正向或逆向反应皆可用于测定此酶的活性，既可测定所产生的氨基酸，也可测定生成的 α-酮酸，因此可有多种测定方法。

本实验以丙氨酸及 α-酮戊二酸作为谷丙转氨酶（GPT 或 ALT）作用的底物，利用内源性磷酸吡哆醛作辅酶，在一定条件及作用时间后测定所生成的丙酮酸的量来确定其酶活力。丙酮酸能与 2,4-二硝基苯肼结合，生成丙酮酸-2,4-二硝基苯腙，后者在碱性溶液中呈现棕色，其吸收光谱的峰为 439～530nm，可用于测定丙酮酸含量。

$$CH_3-\underset{COOH}{C}=O + H_2N-NH-C_6H_3(NO_2)_2 \xrightarrow{-H_2O} CH_3-\underset{COOH}{C}=N-HN-C_6H_3(NO_2)_2$$

丙酮酸　　　2,4-二硝基苯肼　　　丙酮酸二硝基苯腙

α-酮戊二酸也能与2,4-二硝基苯肼结合，生成相应的苯腙，但后者在碱性溶液中吸收光谱与丙酮酸二硝基苯腙稍有差别，在520nm波长比色时，α-酮戊二酸二硝基苯腙的吸光度远较丙酮酸二硝基苯腙低（约相差3倍）。经转氨酶作用后，α-酮戊二酸的吸光度减少而丙酮酸的增加，因此，在波长520nm处吸光度增加的程度与反应体系中丙酮酸与α-酮戊二酸的摩尔比基本上呈线性关系，故可以借以测定谷丙转氨酶的活力。

但是，由于在实验中不宜有过多的α-酮戊二酸以降低其对显色的干扰，因此，对于作为底物的α-酮戊二酸浓度作了一定的限制，从而不能保证酶反应充分进行，以致丙酮酸产量与酶之间的关系并不始终呈一直线。当酶量增大时，曲线斜率减小。因此在测定时，如酶活力较大（大于100单位），应将样品稀释后再进行测定。

另外，2,4-二硝基苯肼对此显色反应也有一定的干扰，因此，在制作丙酮酸标准曲线时，虽没有加α-酮戊二酸，但是丙酮酸二硝基苯腙的吸光度与丙酮酸含量之间的关系也并不始终呈一直线关系，丙酮酸含量增大时，曲线斜率降低，因此，必须采用标准曲线中呈现出直线关系的部分来测定丙酮酸的生成量。

【操作步骤】

1. 标准曲线的绘制

取试管6支，按下表进行操作

试剂	试管编号					
	0	1	2	3	4	5
0.1mol/L 磷酸缓冲液/ml	0.10	0.10	0.10	0.10	0.10	0.10
2μmol/L 丙酮酸标准液/ml	0.00	0.05	0.10	0.15	0.20	0.25
基质缓冲液/ml	0.50	0.45	0.40	0.35	0.30	0.25
2,4-二硝基苯肼液/ml	0.50	0.50	0.50	0.50	0.50	0.50
相当于酶活力卡门氏单位	0	28	57	97	150	200
混匀后，37℃水浴20min						
0.4mol/L NaOH 溶液/ml	5.00	5.00	5.00	5.00	5.00	5.00
吸光度						

室温放置 10min，在 520nm 下比色，以蒸馏水调零，测各管吸光度。以各管吸光度减去零管吸光度所得差值为纵坐标，相应的卡门氏单位为横坐标，作标准曲线图。

2. 样品的测定

另取 2 支试管，按下表进行操作

试　剂	试管	
	测定管	对照管
血清/ml	0.1	—
基质液/ml，37℃预温 5min	0.5	0.5
	混匀后，37℃水浴 30min	
2,4-二硝基苯肼液/ml	0.5	0.5
血清/ml	—	0.1
	混匀后，37℃水浴 20min	
0.4mol/L NaOH 溶液/ml	5.0	5.0

室温放置 10min，在 520nm 下比色，以蒸馏水调零，测各管吸光度。以各管吸光度减去零管吸光度的差值，查标准曲线，求得相应的 GPT 活力单位。

【试剂和器材】

1. 试剂

（1）谷丙转氨酶基质液（pH7.4）：100ml×1 瓶，精确称取 DL-丙氨酸 1.78g 和 α-酮戊二酸 29.2mg，先溶于 0.1mol/L 磷酸盐缓冲液约 50ml 中，然后以 1mol/L NaOH 校正 pH 为 7.4，再用 0.1mol/L 磷酸盐缓冲液稀释到 100ml。充分混和，分装到小瓶中，冰冻保存。

（2）2,4-二硝基苯肼液：100ml×1 瓶，准确称取 2,4-硝基苯肼 19.8mg，溶于 10mol/L 盐酸 10ml 中，溶解后再加蒸馏水至 100ml。

（3）4mol/L NaOH：100ml×1 瓶，用时加蒸馏水至 1000ml。

（4）2μmol/L 丙酮酸钠标准液：1 支，准确称取丙酮酸钠 22mg，先溶于少量 pH7.4、0.1mol/L 磷酸缓冲液后再用其定容至 100ml。混匀后，置冰箱中保存。

（5）0.1mol/L 磷酸缓冲液（pH 7.4）：1 瓶，称取无水磷酸二氢钾 2.69g，加蒸馏水溶解后移至 1L 容量瓶中，校正 pH 为 7.4，然后加蒸馏水至刻度，储存于冰箱内备用。

2. 器材

试管 1.5cm×15cm（×10）；移液器；恒温水浴锅；752 型紫外分光光度计。

【思考题】

（1）国内曾采用的血清转氨酶比色测定法有哪几种？

（2）转氨酶在代谢过程中的重要作用及在临床诊断中的意义有哪些？

第二部分　综合性实验

实验十六　蛋白质含量的测定
（凯氏定氮法）

【实验目的】

学习凯氏定氮法的原理和操作技术，学会用其测定生物材料的总氮量和蛋白质含量。

【实验原理】

常用微量凯氏定氮法测定天然含氮有机物中的含氮量。天然含氮有机物与浓硫酸共热，被氧化成 CO_2 和 H_2O，而氮则转变成 NH_3，氨进一步与硫酸作用生成 $(NH_4)_2SO_4$。由大分子分解成小分子的过程通常称为“消化”。

$$\text{含氮有机物} + H_2SO_4 \xrightarrow{K_2SO_4} CO_2\uparrow + H_2O + NH_3\uparrow$$

$$2NH_3 + H_2SO_4 \xrightarrow{CuSO_4} (NH_4)_2SO_4$$

消化过程一般进行得比较缓慢。通常需要加入 K_2SO_4 或 Na_2SO_4 以提高消化液的沸点（消化液的沸点由 290℃→400℃），加入 $CuSO_4$ 作为催化剂，H_2O_2 作为氧化剂，以促进反应的进行。$(NH_4)_2SO_4$ 与浓碱作用可游离出氨，借水蒸气将产生的氨蒸馏到一定浓度的 H_3BO_4 溶液中，H_3BO_4 吸收氨后使溶液中的 H^+ 浓度降低，然后用标准无机酸滴定，直至恢复溶液中原来的 H^+ 浓度为止。最后根据所用标准酸的量计算出待测物中的总氮量。

$$(NH_4)_2SO_4 + 2NaOH \xrightarrow[\triangle]{} 2NH_4OH + Na_2SO_4$$

$$NH_4OH \longrightarrow NH_3 + H_2O$$

$$H_3BO_4 \longrightarrow H^+ + H_2BO_4^-$$

$$NH_3 + H^+ + H_2BO_4^- \longrightarrow NH_4H_2BO_4$$

$$NH_4H_2BO_4 + HCl \longrightarrow NH_4Cl + H^+ + H_2BO_4^-$$

【操作步骤】

1. 科龙式凯氏定氮仪的构造和安装

蒸汽发生器包括电炉及一个 1～2L 容积的烧瓶（图 16-1 中 1，2）。蒸汽发生器借橡皮管（图 16-1 中 3）与反应室相连。反应室上端有一个玻璃杯（图 16-1 中 4），样品和碱液可由此加入到反应室（图 16-1 中 5）中，反应室中心有一长玻璃管，其上端通过反应室外层（图 16-1 中 6）与蒸汽发生器相连，下端靠近反应室的底部。反应室外层下端有一开口，上有一皮管夹（图 16-1 中 7），由此可放出冷凝水及反应废液。反应产生的氨可通过反应室上端细管及冷凝管（图 16-1 中 8）通到吸收瓶（图 16-1 中 9）中，反应管及冷凝管之间借磨口（图 16-1 中 10）连接起来，防止漏气。

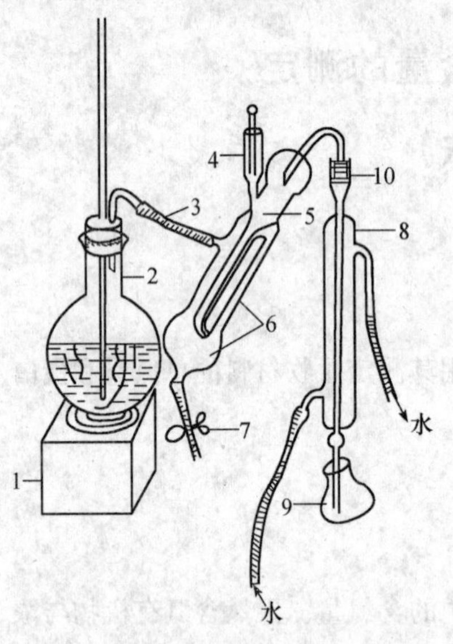

图 16-1　凯氏定氮仪的组成和结构图
1. 电炉 2. 1～2L 烧瓶 3. 橡皮管 4. 玻璃杯 5. 反应室 6. 反应室外层 7. 皮管夹 8. 冷凝管 9. 吸收瓶 10. 磨口

安装仪器时，先将冷凝器垂直地固定在铁架台上，冷凝管下端不要距离实验台太近，以免放不下吸收瓶。然后将反应管通过磨口连接（图 16-1 中 10）与冷凝管相连，根据仪器本身的角度将反应室固定在另一铁架台上。这一点必须注意，否则容易引起氨的散失及反应室上端弯管折断。然后将蒸汽发生器放在电炉上，并用橡皮管把蒸汽发生器与反应室连接起来，安装完毕后，不得轻易移动，以免仪器损坏。

(1) 固体样品：随机取一定量研磨细的样品放入恒重的称量瓶中，置于 105℃的烘箱内干燥 4h，用坩埚钳将称量瓶取出放入干燥器内，待降至室温后称重，随后继续干燥样品，每干燥 1h，称重一次，直至恒重即可。精确称取 0.1g 左右的干燥面粉作为本实验的样品。

(2) 血清样品：取人血（或猪血）放入离心管中，于 4℃冰箱中放置过夜。次日离心除去血凝块，上层透明清液，即为血清。吸出 1ml 血清加到 50ml 容量瓶中，用蒸馏水稀释至刻度，混匀备用。溶液如果仍浑浊，加少量 NaCl 再混匀。

2. 消化

取5支消化管并编号，在1、2、3号管中各加入精确称取的干燥样品0.1g（注意：加样品时应直接送入管底，避免沾到管口和管颈上），加催化剂0.5g，混合消化液3ml，在4、5号管中各加入相同量的催化剂和混合消化液（若样品是液体，则还要加与样品等体积的蒸馏水）作为对照，用以测定试剂中可能含有的微量含氮物质。摇匀后，将5支消化管放在通风橱内的远红外消煮炉上消化。先用小火加热煮沸，不久看到消化管内物质碳化变黑，并产生大量泡沫，此时要特别注意，不能让黑色物质上升到消化管的颈部，否则将会严重地影响样品测定结果。当混合物停止冒泡，水蒸气与二氧化碳也均匀地放出时，适当加强火力。在消化时，应使全部样品都浸泡在消化液中，如在管颈上发现有黑色颗粒，应小心地将消化管倾斜振摇，用消化液将它冲洗下来。通常消化需要1～3h（对于那些赖氨酸含量较高的样品则需要更长的时间）。待消化液变成褐色后，为了加速消化完成，可将消化管取出，稍冷，加30％过氧化氢溶液1～2滴于管底消化液中，再继续消化，直到消化液由淡黄色变成清晰的淡蓝绿色，消化即完成。为了保证消化彻底，再继续加热0.5h。消化完毕，取出消化管冷却至室温待蒸馏。

3. 蒸馏

（1）仪器的洗涤：蒸汽发生器中盛有用几滴硫酸酸化的蒸馏水。关闭皮管夹（图16-1中7），将蒸汽发生器中的水烧开，让蒸汽通过整个仪器。约15min后，在冷凝管下端放一个盛有5ml 2％ H_3BO_4 溶液和1～2滴指示剂混合液的锥形瓶。位置倾斜如图16-1，冷凝管下端应完全浸没在液体中，继续蒸汽洗涤1～2min，观察锥形瓶内的溶液是否变色，如不变色则证明蒸馏装置内部已洗涤干净。向下移动锥形瓶，使硼酸液面离开冷凝管口约1cm继续通蒸汽1min。最后用水冲洗冷凝管口，然后用手捏紧橡皮管3，由于反应室外层蒸气冷缩，压力减低，反应室内凝结的水可自动吸出进入6，打开皮夹7，将废水排出。

（2）样品及空白的蒸馏：取50ml锥形瓶数个，各加5ml H_3BO_4 和1～2滴指示剂，溶液呈紫色，用表面皿复盖备用。

用吸管吸取10ml消化液，由玻璃杯（4）小心地注入反应室，塞紧玻棒玻塞。将一个混合有 H_3BO_4 和指示剂的锥形瓶放在冷凝器下，使冷凝器下端浸没在液体内。

用量筒量取40％的NaOH溶液10ml放入小玻璃杯（图16-1中4），轻提棒状玻璃塞使之流入反应室（为了防止冷凝管倒吸，液体流入反应室时必须缓慢）。尚未完全流入时，将玻璃塞盖紧，向玻璃杯中加入蒸馏水约5ml。再轻提玻璃塞，使一半蒸馏水慢慢流入反应室，一半留在玻璃杯中作水封。加热水蒸气发生器，沸腾后夹紧夹子（图16-1中7）开始蒸馏。此时锥形瓶中的酸溶液由紫色变成绿色。自变色时起计时，蒸馏 3～5min。移动锥形瓶使硼酸液面离开冷凝管约 1cm，用少量蒸馏水洗涤冷凝管口外面。继续蒸馏 1min，移开锥形瓶，用表面皿复盖锥形瓶。

蒸馏完毕后，将反应室洗涤干净。在小玻璃杯中倒入蒸馏水，待蒸汽很足、反应室外壳（图 16-1 中 6）温度很高时，一手轻提棒状玻璃塞使冷水流入反应室，同时立即用另一只手捏紧橡皮管（图 16-1 中 3），则图 16-1 中 6 内蒸气冷缩，可将图 16-1 中 5 中残液自动吸出，再用蒸馏水自图 16-1 中 4 倒入图 16-1 中 5，重复上述操作。如此冲洗几次后，将图 16-1 中 7 打开，将图 16-1 中 6 中废液排出。再继续下一个蒸馏操作。

待样品和空白消化液均蒸馏完毕后，依次进行滴定。

4. 滴定

全部蒸馏完毕后，用 0.010mol/L 标准盐酸溶液滴定各锥形瓶中收集的收集液，直至硼酸-指示剂混合液由绿色变回淡紫色，即为滴定终点。

5. 计算

$$\text{样品的总氮含量(g\%)}=\frac{(A-B)\times 0.010\times 14}{C\times 1000}\times 100\%$$

若测定的样品含氮部分只是蛋白质（如血清），则：

$$\text{样品中的蛋白质含量(g\%)}=\frac{(A-B)\times 0.010\times 14\times 6.25}{C\times 1000}\times 100\%$$

式中，A 为滴定样品用去的盐酸平均毫升数；B 为滴定空白用去的盐酸平均毫升数；C 为称量样品的克数；0.0100 为盐酸的摩尔浓度（实际上，此项应按实验中使用盐酸的实际浓度填写）；14 为氮原子量；6.25 为系数（1ml 0.01mol/L 盐酸相当于 0.14mg 氮）。

若样品中除有蛋白质外，尚有其他含氮物质，则样品蛋白质含量的测定要复杂一些。首先，需向样品中加入三氯乙酸，使其最终浓度为 5%，然后测定未加入三氯乙酸的样品及加入三氯乙酸后样品的上清液中的含氮量，得出非蛋白质含氮量，从而计算出蛋白质含氮量，再进一步折算出蛋白质含量。

蛋白质含氮量＝总氮量－非蛋白质含氮量

蛋白质含量（g%）＝蛋白质含氮量×6.25

【试剂和器材】

1. 试剂

（1）消化液：30% H_2O_2 与 H_2SO_4 与水的比例为 3∶2∶1，即在 1 份蒸馏水

中缓慢加入 2 份 H_2SO_4，待冷却后，将其加到 3 份过氧化氢中。临用时配制。

（2）催化剂：硫酸铜（$CuSO_4 \cdot 5H_2O$）与硫酸钾（K_2SO_4）以 1∶3 配比研磨混匀。

（3）40% NaOH 溶液。

（4）2% H_3BO_4 溶液。

（5）标准盐酸溶液（约 0.010mol/L）。

（6）混合指示剂（田氏指示剂）：由 50ml 0.1%甲烯蓝乙醇溶液与 200ml 0.1%甲基红乙醇溶液混合配成。储于棕色瓶中备用。这种指示剂酸性时为紫红色，碱性时为绿色，变色范围很窄且很灵敏。

（7）市售标准面粉和富强粉。

2. 器材

消化管；凯氏定氮蒸馏装置；远红外消煮炉；分析天平；50ml 锥形瓶；烘箱；5ml 微量酸式滴定管；小滴管。

【思考题】

（1）分别指出消化样品时使用的浓硫酸、硫酸钾及硫酸铜粉末、过氧化氢的作用。

（2）写出以下各步的化学反应方程式：①蛋白质消化；②氨的蒸馏；③氨的滴定。

实验十七　SDS-PAGE 测定蛋白质相对分子质量

【实验目的】

了解 SDS-PAGE 的原理，并学会用这种方法测定蛋白质的相对分子质量。

【实验原理】

聚丙烯酰胺凝胶电泳之所以能将不同的大分子化合物分开，是因为这些大分子化合物所带电荷的差异和分子大小不同。如果将电荷差异这一因素除去或减小到可以忽略不计的程度，这些化合物在凝胶上的迁移率则完全取决于相对分子质量。

SDS 是十二烷基硫酸钠（sodium dodecyl sulfate）的简称，它是一种阴离子去污剂，它能按一定比例与蛋白质分子结合成为带负电荷的复合物，其负电荷远远超过了蛋白质原有的电荷，也就消除或降低了不同蛋白质之间原有的电荷差别，这样就使电泳迁移率只取决于分子大小这一个因素，就可根据标准蛋白质的相对分子质量的对数对迁移率所作的标准曲线，来求得未知蛋白质的相对分子质量。

SDS-聚丙烯酰胺凝胶电泳（SDS-PAGE）可以用圆盘电泳，也可以用垂直平板电泳，本实验用目前常用的垂直平板电泳，该法样品的起点一致，便于比较。

【操作步骤】

1. 安装方法

将垂直平板电泳槽装好，不同的电泳槽安装的方法不同，按说明书进行。

2. 分离胶的选择和配置方法

（1）按照蛋白质不同的相对分子质量选用不同浓度的分离胶。

蛋白质相对分子质量的范围	分离胶浓度/%
$<10^4$	20～30
$1\times10^4\sim4\times10^4$	15～20
$4\times10^4\sim1\times10^5$	10～15
$1\times10^5\sim5\times10^5$	5～10
$>5\times10^5$	2～5

(2) 不同浓度分离胶的配制方法如下表：

试剂	分离胶浓度/%				
	20	15	12	10	7.5
重蒸水/ml	0.75	2.35	3.35	4.05	4.85
1.5 mol/L Tris-HCl (pH8.8) /ml	2.5	2.5	2.5	2.5	2.5
质量浓度为 10%的 SDS/ml	0.1	0.1	0.1	0.1	0.1
凝胶储备液 (Acr/Bis) /ml	6.6	5.0	4.0	3.3	2.5
质量浓度为 10%的过硫酸铵/μl	50	50	50	50	50
TEMED/μl	5	5	5	5	5
总体积/ml	10	10	10	10	10

3. 分离胶的灌制

根据待测蛋白质样品的相对分子质量选择合适的分离胶浓度，本实验选用血管内皮生长因子（VEGF）为待测相对分子质量的样品（常用的 VEGF 的相对分子质量约为 44 000，还原后为 22 000），用 12%的分离胶。在 15ml 试管中依次加入重蒸水 3.35ml，1.5mol/L Tris-HCl（pH8.8）缓冲液 2.5ml，10% SDS 0.1ml，凝胶储备液 4.0ml，10%过硫酸铵 50μl 和 TEMED 5μl，由于加入 TEMED 后凝胶就开始聚合，所以应立即混匀混合液，然后用滴管吸取分离胶，在电泳槽的两玻璃之间灌注，留出梳齿的齿高加 1cm 的空间以便灌注浓缩胶。用滴管小心地在溶液上覆盖一层重蒸水，将电泳槽垂直静置于室温下约 30～60min，分离胶则聚合，待分离胶聚合完全后，除去覆盖的重蒸水，尽可能去干净（图 17-1）。

图 17-1　凝胶的制备

4. 浓缩胶的配制和灌制

一般采用 3%的浓缩胶，配制方法：重蒸水 3.12ml、0.5mol/L Tris-HCl 缓冲液（pH6.8）1.25ml、10%SDS 0.05ml、凝胶储备液（Acr/Bis）0.6ml、

10%过硫酸铵 25μl、TENED 5μl，在试管中混匀，灌注在分离胶上。小心插入梳齿，避免混入气泡，将电泳槽垂直静置于室温下至浓缩胶完全聚合（约30min）（图 17-1）。

5. 样品的制备

1）标准蛋白质样品的制备

取出一管预先分装好的 20μl 低相对分子质量的标准蛋白质，放入沸水浴中加热 3～5min 或 70℃恒温 10min，取出冷至室温。

2）待测样品的制备

a. 10μl VEGF（5μgVEGF）加 10μl 2 倍还原缓冲液。

b. 10μl VEGF（5μg VEGF）加 10μl 2 倍非还原缓冲液。

以上 a、b 两管放入沸水浴中加热 3～5min 或 70℃恒温 10min，取出冷至室温。

6. 电泳

图 17-2 电泳槽

（1）待浓缩胶完全聚合后，小心拔出齿梳，用电极缓冲液洗涤加样孔（梳孔）数次，放入电泳槽，注入电极缓冲液（图 17-2）。

（2）用微量注射器按号向凝胶梳孔内加样。

（3）接上电泳仪，上电极接电源的负极，下电极接电源的正极。打开电泳仪电源开关，调节电流至 20～30mA，并保持电流强度恒定。待蓝色的溴酚蓝条带迁移至距凝胶下端约 1cm 时，停止电泳。

7. 染色与脱色

小心将胶取出，置于一大培养皿中，在溴酚蓝条带的中心插一细钢丝作为标志。加染色液染色 1h，倾出染色液，加入脱色液，数小时更换一次脱色液，直至背景清晰。

8. 相对分子质量的计算

用直尺分别量出标准蛋白质、待测蛋白质区带中心以及钢丝距分离胶顶端的距离，按下式计算相对迁移率：

$$相对迁移率=\frac{样品迁移距离(cm)}{染料迁移距离(cm)}$$

以标准蛋白质相对分子质量的对数对相对迁移率作图，得到标准曲线。根据待测蛋白质样品的相对迁移率，从标准曲线上查出其相对分子质量。

【试剂和器材】

1. 试剂

（1）凝胶储备液：丙烯酰胺（Acr）29.2g，亚甲基双丙烯酰胺（Bis）0.8g，加重蒸水至100ml。4℃冰箱保存，30d以内使用。

（2）分离胶缓冲液：1.5mol/L Tris-HCl、pH8.8，18.15g Tris（三羟甲基氨基甲烷），加约80ml重蒸水，用1mol/L HCl调pH到8.8，用重蒸水稀释至最终体积为100ml，4℃冰箱保存。

（3）浓缩胶缓冲液：0.5mol/L Tris-HCl、pH6.8，6g Tris，加约60ml重蒸水，用1mol/L HCl调pH至6.8，用重蒸水稀释至最终体积为100ml，4℃冰箱保存。

（4）10% SDS：10g SDS，加重蒸水至100ml，室温保存。

（5）两种样品缓冲液。

① 2倍还原缓冲液

0.5mol/L Tris-HCl，pH6.8	2.5ml
甘油	2.0ml
10% SDS	4.0ml
0.1%溴酚蓝	0.5ml
β-巯基乙醇	1.0ml
总体积	10ml

② 2倍非还原缓冲液

重蒸水	1.0ml
0.5mol/L Tris-HCl，pH6.8	2.5ml
甘油	2.0ml
10% SDS	4.0ml
0.1%溴酚蓝	0.5ml
总体积	10ml

（6）电极缓冲液：pH8.3，Tris 3g，甘氨酸14.4g，SDS 1.0g加重蒸水至1000ml，4℃冰箱保存。

（7）低相对分子质量标准蛋白质（上海产）：开封后溶于 200μl 重蒸水，加 200μl 2 倍样品缓冲液（还原缓冲液），分装 20 小管，－20℃保存。临用前沸水浴 3～5min，其相对分子质量（MW）如下。

标准蛋白质	MW
兔磷酸化酶 B	97 400
牛血清白蛋白	66 200
兔肌动蛋白	43 000
牛碳酸酐酶	31 000
胰蛋白酶抑制剂	20 100
鸡蛋清溶菌酶	14 400

（8）10％的过硫酸铵：此溶液需临用前配制；或配制后分装，于－20℃储存。

（9）染色液：0.25g 考马斯亮蓝 R-250，加入 91ml 50％乙醇、9ml 冰醋酸。

（10）脱色液：50ml 乙醇、75ml 冰醋酸与 875ml 重蒸水混合。

（11）待测相对分子质量的样品。

2. 器材

直流稳压电泳仪；垂直平板电泳槽；移液器（1.0ml、200μl、20μl）；微量注射器（20μl）；试管；滴管；直尺；沸水浴。

【思考题】

（1）样品溶液中各种试剂的作用是什么？

（2）本实验是否需在低温下进行？

（3）电泳过程中正负极将发生什么变化？

（4）影响实验误差可能的原因是什么？根据你的实验进行分析。

实验十八　疏水层析分离纯化 α-淀粉酶

【实验目的】

了解疏水层析的原理，并学会用疏水层析分离纯化蛋白质。

【实验原理】

疏水层析（hydrophobic interaction chromatography，HIC）也称疏水相互作用层析。水溶液中的蛋白质分子表面有 Leu 、 Ile 、 Val 和 Phe 等，其非极性侧链形成疏水区，因而很容易与其他高分子化合物上的疏水基团作用而被吸附，由于不同蛋白质分子的疏水区强弱有较大差异，造成与疏水吸附剂间相互作用的强弱不同，改变层析条件，可使不同的蛋白质洗脱下来。

影响疏水相互作用的因素有蛋白质本身的疏水性和蛋白质所处的环境，疏水层析的疏水吸附剂一般在较高离子强度下吸附蛋白质，然后改变层析条件，降低盐浓度，可按低盐、水和有机溶剂顺序减弱疏水作用并洗脱，使不同蛋白质解吸下来。本实验用 40％乙醇将 α-淀粉酶洗脱下来。

实验中分离的 α-淀粉酶是经枯草芽孢杆菌 BF7658 发酵产生的，发酵液经硫酸铵沉淀后的样品可直接吸附到疏水树脂 D101 上，进行层析分离，得到纯度较高的 α-淀粉酶。如要得到纯度更高的 α-淀粉酶，可用 DEAE-纤维素层析进一步纯化。

【操作步骤】

1. 大孔型吸附树脂 D101 的处理

将 20g 大孔型吸附树脂 D101 置于 150ml 烧杯中，加 60ml 95％乙醇浸泡 3h，在布氏漏斗上抽干，再用蒸馏水抽洗数次，将树脂重新放回烧杯中，加 60ml 2mol/L HCl 浸泡 2h，在布氏漏斗上用蒸馏水抽洗至中性，再放回烧杯中加 60ml 2mol/L NaOH 浸泡 1.5h，在布氏漏斗上用蒸馏水抽洗至中性备用。

2. 枯草芽孢杆菌 BF7658 发酵液的盐析

取 120ml 发酵液，调 pH 为 6.7～7.8，加固体 $(NH_4)_2SO_4$ 使其浓度达到

40%～42%，加完 $(NH_4)_2SO_4$ 后静置数小时，即可抽滤或离心，收集滤饼，将滤饼溶于蒸馏水中，最终体积为 100ml，制成 α-淀粉酶的粗酶溶液，待用。

3. 吸附、装柱、洗脱和收集

将 15g 上述处理好的大孔型吸附树脂 D101 置于 250ml 烧杯内，加入 100ml α-淀粉酶的粗酶溶液，置于电磁搅拌吸附 1h，停止搅拌，静置数分钟，倾倒除去部分清液，将树脂慢慢转移至一根直径为 1cm，高为 30cm 的层析柱中，打开层析柱出口，让吸附后的废液流出，当液面与柱床表面相平时关闭出口，用滴管加入 40%乙醇溶液，柱上端接恒流泵，以 0.5ml/min 的流速用 40%的乙醇洗脱，用紫外检测仪检测 280nm 的光吸收，自动部分收集器收集，每管 5ml，用自动记录仪绘制洗脱曲线，根据峰形合并洗脱液，取 0.5ml 洗脱液测定 α-淀粉酶活力。将有酶活性的洗脱液加入 1 倍体积预冷的 95%乙醇中进行沉淀，在冰箱中静置 1h 后离心，然后用丙酮脱水 3 次，置于干燥器中过夜，取出酶粉称重并测定 α-淀粉酶活力。

4. α-淀粉酶活力测定

1）待测酶液的制备

（1）取发酵液 1ml，加蒸馏水 15ml，混匀，备用。

（2）取 $(NH_4)_2SO_4$ 沉淀后配成的粗酶溶液 1ml，加蒸馏水 19ml，混匀，备用。

（3）取疏水层析树脂吸附后的废液 5ml，加 5ml 蒸馏水，混匀，备用。

（4）取疏水层析洗脱液 0.5ml，加蒸馏水 9.5ml，混匀，备用。若测出的酶活力太高，可进一步稀释。

（5）称取酶粉 10～15mg，加 0.02mol/L pH6.0 的磷酸氢二钠-柠檬酸缓冲液定容至 50ml 备用。

2）测定

（1）取数滴标准终点色溶液于白色滴板的一个孔穴内，用作比较颜色的标准，其余孔穴各加 3～4 滴稀碘液。

（2）吸取 20ml 2%可溶性淀粉溶液和 5ml 0.02mol/L pH6.0 的磷酸氢二钠-柠檬酸缓冲液于 25mm×200mm 大试管中，在 60℃恒温水浴中预热 5min。加入上述配制好的酶液 0.5ml，立即开始记录时间，不断搅拌，定时用滴管取数滴（约 0.5ml）于盛有稀碘液的滴板孔内，当孔穴内颜色与标准终点色（红棕色）相同时即为反应终点，记录下反应时间（T），酶反应时间控制在 1.5～3min 内。

3）计算

酶活力单位定义：在 60℃，pH6.0 的条件下，1h 消化可溶性淀粉 1g 的酶量为 1 个单位，所以每毫升酶活力单位=(60/T×20×2%×n)/0.5，其中 n 为稀释倍数，2%为淀粉浓度，20 为 2%可溶性淀粉溶液的毫升数，60 为 60min，0.5 为测定时所用稀释后的酶液毫升数，T 为反应时间（min）。

4）结果处理

表 18-1　α-淀粉酶活力测定—结果处理

待测样品	体积/ml 或质量/mg	单位体积或单位质量的酶活力单位/U/ml 或 U/mg	总活力单位	活力回收率/%
发酵液				
盐析后的粗酶溶液				
吸附后废液				
洗脱液				
酶粉				

5. 解吸后树脂的再处理

取出柱中的树脂，用 2mol/L NaOH 浸泡 4h，在布氏漏斗上抽滤，用水洗至中性，留待以后使用。

【试剂和器材】

1. 试剂

（1）枯草芽孢杆菌 BF7658 发酵液（含 α-淀粉酶）。

（2）固体 $(NH_4)_2SO_4$。

（3）大孔型吸附树脂 D101。

（4）40%乙醇溶液。

（5）95%乙醇。

（6）2mol/L HCl。

（7）2mol/L NaOH。

（8）丙酮。

（9）原碘液：称取碘 11g，KI 22g，先用少量蒸馏水使碘完全溶解，然后定容至 500ml，储存于棕色瓶内。

（10）稀碘液：吸取原碘液 1ml，加 10g KI，用蒸馏水溶解并定容至 250ml，储存于棕色瓶内。

（11）2%可溶性淀粉：称取 2.0g 可溶性淀粉，与少量冷蒸馏水混合成薄浆状，然后加入沸蒸馏水，边加边搅，最后定容至 100ml，此溶液当天配成当天使用。

（12）0.02mol/L pH6.0 磷酸氢二钠-柠檬酸溶液：称取磷酸氢二钠（$Na_2HPO_4 \cdot 12H_2O$）11.3075g，柠檬酸（$C_6H_8O_7 \cdot H_2O$）2.0175g，用240ml蒸馏水溶解，调pH至6.0，然后定容至250ml。

（13）标准终点溶液

a. 溶液A：称取氯化钴$CoCl_2 \cdot 6H_2O$ 40.2439g和重铬酸钾0.4878g，用蒸馏水溶解，然后定容至50ml。

b. 溶液B：0.04%铬黑T溶液：精确称取铬黑T 40mg，用蒸馏水溶解，然后定容至100ml。

取溶液A 40.0ml，溶液B 5.0ml，混合。取数滴于白色滴板上，此溶液的颜色即为酶反应终点颜色。该溶液在冰箱中保存。15d内使用，过期需要重新配制。

2. 器材

层析柱1cm×30cm；恒流泵；紫外检测仪；自动部分收集器；记录仪；电磁搅拌器；烧杯150ml 、250ml 、500ml等；布氏漏斗；试管（10ml）；干燥器；白色滴板；容量瓶；恒温水浴锅；大试管25mm×200mm；量筒；吸管；洗耳球。

【思考题】

（1）本实验是否要作无机磷的标准曲线?

（2）大孔型吸附树脂D101使用时为什么要用95%乙醇、酸、碱来处理?

实验十九　植物组织中过氧化物酶活力的测定

【实验目的】

了解过氧化物酶的作用，掌握植物组织中过氧化物酶活力的测定方法。

【实验原理】

过氧化物酶广泛存在于植物体中，是活性较高的一种酶。它与呼吸作用、光合作用及生长素的氧化等都有关系。在植物生长发育过程中，它的活性不断发生变化。测定这种酶的活力，可反映某一时期植物体内代谢的变化。

过氧化物酶催化过氧化氢氧化酚类的反应，产物为醌类化合物，此化合物进一步缩合或与其他分子缩合，产生颜色较深的化合物。本实验以邻甲氧基苯酚（即愈创木酚）为过氧化物酶的底物，在此酶存在下，H_2O_2 可将邻甲氧基苯酚氧化成红棕色的4-邻甲氧基苯酚，其反应为：

$$\text{邻甲氧基苯酚} + 4H_2O_2 \xrightarrow{\text{过氧化物酶}} \text{4-邻甲氧基苯酚（红棕色）} + 8H_2O$$

（结构式：邻甲氧基苯酚上有 CH_3、O、OH 基团；产物为四个苯环经 O—O 连接的环状结构，各带 O—CH_3 基团。）

红棕色的物质可用分光光度计在470nm处测定其吸光度，即可求出该酶的活性。

【操作步骤】

1. 酶液的制备

准确称取萝卜幼苗的子叶或幼根各1.0g，加适量的石英砂充分研磨（冰浴），分别加入 1ml 缓冲液（0.05mol/L Na_2HPO_4-KH_2PO_4，pH 7.0），12 000r/min，4℃离心 20min，取上清保存于冰箱（或冷处）备用。以上操作均在 0～4℃进行。

2. 过氧化物酶活性的测定

取 4 支试管，分别进行编号并按下表加入相应的试剂。

试剂	对照管	测定管		
	0	1	2	3
0.01mol/L 磷酸缓冲液/ml	2.91	2.9	2.9	2.9
0.02mol/L 愈创木酚/ml	0.05	0.05	0.05	0.05
酶液/ml	0	0.01	0.01	0.01

加好反应物后，摇匀，在 470nm 处读出 A_{470} 值，为 $t=0$ 时的读数。立即加入 0.01ml 0.04mol/L 新配制的 H_2O_2 后，即刻摇匀并计时，每隔 30s 读数 1 次，共计 6 个数值。

3. 结果计算

以每分钟内 A_{470} 变化 0.001 为 1 个过氧化物酶活性单位（U），有

$$过氧化物酶活力(U/mg\ FW)=\frac{\Delta OD_{470}}{min \cdot mg(FW)\times 0.001}$$

【试剂和器材】

1. 试剂

（1）0.05mol/L 磷酸缓冲液（pH7.0）。

储备液 A：0.1mol/L Na_2HPO_4 溶液（35.8g $Na_2HPO_4 \cdot 12H_2O$ 配成 1000ml）。

储备液 B：0.1mol/L KH_2PO_4 溶液（13.6g KH_2PO_4 配成 1000ml）。

分别取储备液 A 300ml 与储备液 B 200ml 充分混匀，调 pH 至 7.0，并用蒸馏水稀释至 1000ml。

（2）0.01mol/L 磷酸缓冲液（pH7.0）。

储备液 A：0.1mol/L Na_2HPO_4 溶液（35.8g $Na_2HPO_4 \cdot 12H_2O$ 配成 1000ml）。

储备液 C：0.1mol/L NaH_2PO_4 溶液（15.6g $NaH_2PO_4 \cdot 2H_2O$ 配成 1000ml）。

分别取储备液 A 61.0ml 与储备液 B 39.0ml 充分混匀，调 pH 至 7.0，并稀释至 1000ml。

（3）40mmol/L H_2O_2：取 100.0μl H_2O_2 于容量瓶中，用蒸馏水定容至 25ml。

（4）20mmol/L 愈创木酚：取 110.0μl 愈创木酚于容量瓶中，用蒸馏水定容

至 50ml。

2. 器材

分光光度计；移液管；低温冷冻离心机；秒表；研钵；天平；萝卜幼苗的子叶或根；试管。

【思考题】

（1）试述酶活力的定义。
（2）测定酶的活力要注意控制哪些条件？

实验二十　乳酸脱氢酶（LDH）活力测定

【实验目的】

掌握LDH活力测定原理，学习用比色法测定酶活力的方法。

【实验原理】

乳酸脱氢酶（lactate dehydrogenase 简称 LDH，EC 1.1.1.27，L-乳酸：NAD^+氧化还原酶）广泛存在于生物细胞内，是糖代谢酵解途径的关键酶之一，可催化下列可逆反应：

$$\begin{array}{c}COOH\\|\\OH-CH\\|\\CH\end{array} + NAD^+ \underset{pH7.4\sim7.8}{\overset{LDH}{\underset{}{\overset{pH8.8\sim9.8}{\rightleftharpoons}}}} \begin{array}{c}COOH\\|\\CH=O\\|\\CH\end{array} + NADH + H^+$$

乳酸　氧化型辅酶Ⅰ　丙酮酸　还原型辅酶Ⅰ

LDH可溶于水或稀盐溶液。组织中LDH含量的测定方法很多，其中紫外分光光度法较为简单、快速。鉴于NADH、NAD^+在340nm及260nm处有各自的最大吸收峰，因此以NAD^+为辅酶的各种脱氢酶类都可通过340nm光吸收值的改变，测定酶的含量。本实验测定LDH活力，基质液中含丙酮酸及NADH，在一定条件下，加入一定量酶液，观察NADH在反应过程中340nm处光吸收的减少值，减少越多，则LDH活力越高。其活力单位定义是：在25℃，pH7.5条件下，每分钟A_{340}下降1.0的酶量为1个单位。可定量测定每克湿重组织中LDH的单位。定量测定蛋白质含量即可计算比活力（U/mg）。

利用上述原理，改变不同底物则可测定相应脱氢酶反应过程中A_{340}的改变，从而定量测定酶活力，如苹果酸脱氢酶、醇脱氢酶、醛脱氢酶、甘油-3-磷酸脱氢酶等，因此该方法适用范围很广。

【操作步骤】

1. 制备肌肉匀浆

称取20g兔肉，按$W:V=1:4$的比例加入4℃预冷的10mmol/L pH6.5磷

酸氢二钾-磷酸二氢钾缓冲液，用组织捣碎机捣碎，每次10s，连续3次。将匀浆液倒入烧杯中，置4℃冰箱中提取过夜，过滤后得到组织提取液。

2. LDH活力测定

实验时预先将丙酮酸溶液及NADH溶液放在25℃水浴中预热。取2只石英比色杯，在1只比色杯中加入0.1mmol/L pH 7.5磷酸氢二钾-磷酸二氢钾缓冲液3ml，置于紫外分光光度计中，在340nm处将光吸收值调节至零；另一只比色杯用于测定LDH活力，依次加入丙酮酸钠溶液2.9ml、NADH溶液0.1ml，加盖摇匀后，测定340nm光吸收值（A）。取出比色杯加入经稀释的酶液10μl，摇匀后立即计时，每隔0.5min测A_{340}，连续测定3min，以A对时间作图，取反应最初线性部分，计算A_{340}/min减少值。加入酶液的稀释度（或加入量）应控制A_{340}/min下降值为0.1～0.2。

3. 数据处理

计算每毫升组织提取液中LDH活力单位：

$$\text{提取液 LDH 活力单位 (U)/ml}=\frac{\Delta A_{340}\times\text{稀释倍数}}{\text{酶液加入量 }(10\mu l)\times 10^{-3}}$$

提取液中LDH总活力单位＝LDH活力(U)/ml×总体积

【试剂和器材】

1. 试剂

（1）50mmol/L pH 7.5磷酸氢二钾-磷酸二氢钾缓冲液母液。

溶液A：50mmol/L K_2HPO_4　称1.74g K_2HPO_4加蒸馏水溶解后定容至200ml。

溶液B：50mmol/L KH_2PO_4　称3.40g KH_2PO_4加蒸馏水溶解后定容至500ml。

取溶液A 31.5ml和溶液B 68.5ml，调节pH至6.5。置4℃冰箱备用。

10mmol/L pH6.5磷酸氢二钾-磷酸二氢钾缓冲液用上述母液稀释得到，现用现配。

取溶液A 84.0ml和溶液B 16.0ml，调节pH至7.5。置4℃冰箱备用。

0.1mmol/L pH7.5磷酸盐缓冲液用上述母液稀释得到，现用现配。

（2）NADH溶液：称取3.5mg纯NADH于试管中，加入0.1mmol/L pH7.5磷酸缓冲液1ml摇匀，现用现配。

（3）丙酮酸溶液：称取2.5mg丙酮酸钠，加入0.1mmol/L pH7.5磷酸缓冲液 29ml 使其完全溶解，现用现配。

2. 器材

组织捣碎机；紫外分光光度计；恒温水浴；移液管（0.1ml、5ml）；微量注射器（10μl）；动物肌肉、肝、心、肾等组织。

注意事项

（1）实验材料应尽量新鲜，如取材后不立即用，则应储存在－20℃冰箱。

（2）酶液的稀释度及加入量应控制 A_{340}/min 下降值为 0.1～0.2，以减少实验误差。

（3）NADH 溶液应在临用前配制。

【思考题】

简述用紫外分光光度法测定以 NAD^+ 为辅酶的各种脱氢酶测定原理。

实验二十一 酵母蔗糖酶的提取及其性质的研究

【实验目的】

本实验为学生提供一个较全面的实践机会，学习如何提取纯化、分析鉴定一种酶，并对这种酶的性质，尤其是其动力学性质做初步的研究。酶的动力学性质分析，是酶学研究的重要方面。本实验将通过一系列实验，研究 pH、温度和不同的抑制剂对蔗糖酶活性的影响，测定蔗糖酶的最适 pH、最适温度、蔗糖酶催化反应的活化能，测定其米氏常数 K_m、最大反应速度 V_{max} 和各种抑制剂常数 K_i，由此掌握酶动力学性质分析的一般实验方法。

【实验原理】

自 1860 年 Bertholet 从啤酒酵母（*Sacchacomyces cerevisiae*）中发现了蔗糖酶以来，它已被广泛地进行了研究。蔗糖酶（invertase，β-D-呋喃果糖苷果糖水解酶，fructofuranoside fructohydrolase；EC 3. 2. 1. 26）特异地催化非还原糖中的 α-呋喃果糖苷键水解，具有相对专一性。不仅能催化蔗糖水解生成葡萄糖和果糖，也能催化棉子糖水解，生成蜜二糖和果糖，如下：

$$\underset{\text{蔗糖}}{C_{12}H_{22}O_{11}} + H_2O \xrightarrow{\text{蔗糖酶}} \underset{\text{葡萄糖}}{C_6H_{12}O_6} + \underset{\text{果糖}}{C_6H_{12}O_6}$$

$$\underset{\text{棉子糖}}{C_{18}H_{32}O_{16}} + H_2O \xrightarrow{\text{蔗糖酶}} \underset{\text{蜜二糖}}{C_{12}H_{22}O_{11}} + \underset{\text{果糖}}{C_6H_{12}O_6}$$

本实验提取啤酒酵母中的蔗糖酶。该酶以两种形式存在于酵母细胞膜的外侧和内侧，在细胞膜外细胞壁中的称之为外蔗糖酶（external yeast invertase），其活力占蔗糖酶活力的大部分，是含有 50%糖成分的糖蛋白。在细胞膜内侧细胞质中的称之为内蔗糖酶（internal yeast invertase），含有少量的糖成分。两种酶的蛋白质部分均为双亚基、二聚体，两种形式的酶的氨基酸组成不同，外酶每个亚基比内酶多两个氨基酸（Ser 和 Met），它们的相对分子质量也不同，外酶约为 2.7×10^5（或 2.2×10^5，与酵母的来源有关），内酶约为 1.35×10^5。尽管这两种酶在组成上有较大的差别，但其底物专一性和动力学性质仍十分相似，因此，本实验没有区分内酶与外酶。而且由于内酶含量很少，极难提取，本实验提取纯化的主要是外酶。

两种酶的性质对照如下表：

名称	MW	糖含量	亚基	底物为蔗糖的 K_m	底物为棉子糖的 K_m	等电点（p*I*）	最适 pH	稳定 pH 范围	最适温度
外酶	$2.7(2.2)\times10^5$	50%	双	26mmol/L	150mmol/L	5.0	4.9(3.5～5.5)	3.0～7.5	60℃
内酶	1.35×10^5	<3%	双	25mmol/L	150mmol/L	5.0	4.5(3.5～5.5)	6.0～9.0	60℃

实验中，用测定生成还原糖（葡萄糖和果糖）的量来测定蔗糖水解的速度，在给定的实验条件下，每分钟水解底物的量定为蔗糖酶的活力单位。比活力为每毫克蛋白质的活力单位数。

一、蔗糖酶的提取与部分纯化

【实验目的】

学习酶的纯化方法，并为动力学实验提供一定量的蔗糖酶。

【实验原理】

利用物理和化学方法（二氧化硅加甲苯研磨）破碎酵母细胞壁。蒸馏水抽提得到的蔗糖酶溶液，加热去除热不稳定杂蛋白质后，经乙醇沉淀获得粗提酶。

【操作步骤】

1. 提取

（1）准备一个冰浴，将研钵稳妥地放入冰浴中。

（2）称取 5g 干啤酒酵母或 20g 湿啤酒酵母，称 20mg 蜗牛酶及适量二氧化硅（约 10g）放入研钵中。二氧化硅要预先研细。

（3）量取预冷的甲苯 30ml 缓慢加入酵母中，边加边研磨成糊状，约需 60min。研磨时用显微镜检查研磨的效果，至酵母细胞大部分研碎为止。

（4）缓慢加入预冷的 40ml 去离子水，每次加 2ml 左右，边加边研磨，至少用 30min。以便将蔗糖酶充分转入水相。

（5）将混合物转入两个离心管中，平衡后，用高速冷冻离心机，4℃，

10 000r/min，离心 10min。如果中间白色的脂肪层厚，说明研磨效果良好。用滴管吸出上层有机相。

（6）用滴管小心地取出脂肪层下面的水相，转入另一个清洁的离心管中，4℃，10 000r/min，离心 10min。

（7）将上清液转入量筒，量出体积，留出 1.5ml 测定酶活力及蛋白质含量。剩余部分转入清洁离心管中。

（8）用广泛 pH 试纸检查上清液的 pH，用 1mol/L 乙酸将 pH 调至 5.0，称为“粗级分 I”。

2. 热处理

（1）预先将恒温水浴调到 50℃，将盛有粗级分 I 的离心管稳妥地放入水浴中，50℃下保温 30min，在保温过程中不断轻摇离心管。

（2）取出离心管，于冰浴中迅速冷却，于 4℃，10 000r/min，离心 10min。

（3）将上清液转入量筒中，量出体积，留出 1.5ml 测定酶活力及蛋白质含量（称为“热级分 II”）。

3. 乙醇沉淀

将热级分 II 转入小烧杯中，放入冰盐浴（没有水的碎冰撒入少量食盐），逐滴加入等体积预冷至－20℃的 95％乙醇，同时轻轻搅拌，共需 30min，再在冰盐浴中放置 10min，以沉淀完全。于 4℃，10 000r/min，离心 10min，倾去上清，并风干，沉淀保存于离心管中，盖上盖子或薄膜封口，然后将其放入冰箱中冷冻保存（称为“醇级分 III”）。废弃上清液之前，要用尿糖试纸检查其酶活性（与下一个实验一起做）。

【试剂和器材】

1. 试剂

（1）啤酒酵母。

（2）二氧化硅。

（3）甲苯（使用前预冷到 0℃以下）。

（4）去离子水（使用前预冷至 4℃左右）。

（5）冰块、食盐。

（6）1mol/L 乙酸。

（7）95％乙醇。

2. 器材

研钵；离心管；滴管；50ml 量筒；恒温水浴；100ml 烧杯；广泛 pH 试纸；高速冷冻离心机。

二、离子交换柱层析纯化蔗糖酶

【实验目的】

学习离子交换柱层析的分离原理和方法。

【实验原理】

离子交换层析是根据各种物质带电状态（或极性）的差别来进行物质分离的。电荷不同的物质对离子交换剂有不同的亲和力，因此，要成功地分离某种混合物，必须根据其所含物质的解离性质、带电状态选择适当类型的离子交换剂，并控制吸附和洗脱条件（主要是洗脱液的离子强度和 pH），使混合物中各组分按亲和力大小顺序依次从层析柱中洗脱下来。

【操作步骤】

1. 离子交换剂的处理

称取 1.5g DEAE 纤维素（DE-23）干粉，加入 0.5mol/L NaOH 溶液（约 50ml），轻轻搅拌，浸泡至少 0.5h（不超过 1h），用玻璃砂芯漏斗抽滤，并用去离子水洗至近中性，抽干后，放入小烧杯中，加 50ml 0.5mol/L HCl，搅匀，浸泡 0.5h，同上用去离子水洗至近中性，再用 0.5mol/L NaOH 重复处理一次，用去离子水洗至近中性后，抽干备用。（因 DEAE 纤维素昂贵，用后务必回收）。实际操作时，通常纤维素是已浸泡过回收的，按“碱→酸”的顺序洗即可，因为酸洗后较容易用水洗至中性。碱洗时因过滤困难，可以先浮选除去细颗粒，抽干后用 0.5mol/L NaOH-0.5mol/L NaCl 溶液处理，然后用水洗至中性。

2. 装柱与平衡

先将层析柱垂直装好，在烧杯内用 0.02mol/L pH 7.3 的 Tris-HCl 缓冲液洗纤维素几次，用滴管吸取烧杯底部大颗粒的纤维素装柱，然后用此缓冲液洗柱至流出液的电导率与缓冲液相同或接近时即可上样。

3. 上样与洗脱

上样前先准备好梯度洗脱液，本实验采用 20ml 0.02mol/L pH 7.3 的 Tris-HCl 缓冲液和 20ml 含 0.2mol/L NaCl 的 0.02mol/L pH 7.3 的 Tris-HCl 缓冲液，进行线性梯度洗脱。取两个相同直径的 50ml 小烧杯，一个装 20ml 含 NaCl 的高离子强度溶液，另一个装 20ml 低离子强度溶液，放在磁力搅拌器上，在低离子强度溶液的烧杯内放入一个小搅拌子（在细塑料管内放入一小段铁丝，两端用酒精灯加热封口），将此烧杯置于搅拌器旋转磁铁的上方。将玻璃三通管插入两个烧杯中，上端接一段乳胶管，夹上止水夹，用吸耳球小心地将溶液吸入三通管（轻轻松一下止水夹），立即夹紧乳胶管，使两烧杯溶液形成连通，注意两个烧杯要放妥善，切勿使一杯高一杯低。

用 5ml 0.02mol/L pH7.3 的 Tris-HCl 缓冲液充分溶解醇级分 III（注意玻璃搅棒头必须烧园、搅拌溶解时不可将离心管划伤），若溶液混浊，则用小试管，4000r/min 离心除去不溶物。取 1.5ml 上清液（即醇级分 III 样品，留待下一个实验测酶活力及蛋白质含量），将剩余的 3.5ml 上清液小心地加到层析柱上，不要扰动柱床，注意要从上样开始使用部分收集器收集，每管 2.5～3.0ml/10min。上样后用缓冲液洗两次，然后再用约 20ml 缓冲液洗去柱中未吸附的蛋白质，至 A_{280} 降到 0.1 以下，夹住层析柱出口，将恒流泵入口的细塑料导管放入不含 NaCl 的低离子强度溶液的小烧杯中，用胶布固定塑料管，接好层析柱，打开磁力搅拌器，放开层析柱出口，开始梯度洗脱，连续收集洗脱液，两个小烧杯中的洗脱液用尽后，为洗脱充分，也可将所配制的剩余 30ml 高离子强度洗脱液倒入小烧杯继续洗脱，控制流速 2.5～3.0ml/10min。

测定每管洗脱液的 A_{280} 光吸收值和电导率（使用 DJS-10 电导电极）。

测定不含 NaCl 的 0.02mol/L pH7.3 的 Tris-HCl 缓冲液和含 0.2mol/L NaCl 的 0.02mol/L pH7.3 的 Tris-HCl 缓冲液的电导率，用电导率与 NaCl 浓度作图，利用此图将每管所测电导率换算成 NaCl 浓度，并利用此曲线估计出蔗糖酶活性峰洗出时的 NaCl 浓度。

4. 各管洗脱液酶活力的定性测定

在点滴板上每孔内，各加一滴 0.2mol/L pH4.9 的乙酸缓冲液、1 滴 0.5mol/L 蔗糖溶液和一滴洗脱液，反应 5min，在每孔内同时插入一小条尿糖试纸，10～20min 后观察试纸颜色的变化。用“+”号的数目，表示颜色的深浅，即各管酶活力的大小。合并活性最高的 2 或 3 管，量出总体积，并将其分成 10 份，分别倒入 10 个小试管，用保鲜膜封口，冰冻保存，使用时取出 1 管。此即为“柱级分 IV”。

注意：从上样开始收集，可能有两个活性峰，梯度洗脱开始前的第一个峰是未吸附物，本实验取用梯度洗脱开始后洗下来的活性峰。

在同一张图上画出所有管的酶活力、NaCl浓度（可用电导率代替）、光吸收值 A_{280} 的曲线和洗脱梯度线。

【试剂和器材】

1. 试剂

（1）DEAE纤维素：DE-23。

（2）0.5mol/L NaOH。

（3）0.5mol/L HCl。

（4）0.02mol/L pH7.3的Tris-HCl缓冲液。

（5）0.02mol/L pH 7.3（含0.2mol/L NaCl）的Tris-HCl缓冲液。

2. 器材

层析柱；部分收集器；磁力搅拌器及搅拌子；50ml小烧杯2个；玻璃砂漏斗；真空泵与抽滤瓶；精密pH试纸或pH计；三通管；止水夹；吸耳球；塑料紫外比色杯；电导率仪；尿糖试纸；点滴板；蠕动泵；紫外分光光度计。

三、蔗糖酶各级分活性及蛋白质含量的测定

【实验目的】

掌握蔗糖酶活性测定方法，了解各级分酶的纯化情况。

【实验原理】

为了评价酶的纯化步骤和方法，必须测定各级分酶的活性和比活。

测定蔗糖酶活性的方法有许多种，如费林试剂法、Nelson's试剂法、水杨酸试剂法等，本实验先使用费林试剂法，以后测米氏常数 K_m 和最大反应速度 V_{max} 时再用Nelson's试剂法。

费林试剂法灵敏度较高，但数据波动较大，因为反应后溶液的颜色随时间会有变化，因此加样和测定光吸收值时最好能计时。其原理是在酸性条件下，蔗糖酶催化蔗糖水解，生成一分子葡萄糖和一分子果糖。这些具有还原性的糖与碱性铜试剂混合加热后被氧化，二价铜被还原成棕红色氧化亚铜沉淀，氧化亚铜与磷

钼酸作用，生成蓝色溶液，其蓝色深度与还原糖的量成正比，可于 650nm 处测定光吸收值。

【操作步骤】

1. 各级分蛋白质含量的测定

采用考马斯亮蓝染色法（Bradford 法）的微量法测定蛋白质含量，参见“实验四考马斯亮蓝法测定蛋白质含量”（因 Tris 会干扰 Lowry 法的测定）。标准蛋白质的取样量为 0.1、0.2、0.3、0.4、0.5、0.6、0.8、1.0ml，用去离子水补足到 1.0ml。

各级分先要仔细寻找和试测出合适的稀释倍数，并详细记录稀释倍数的计算（使用移液管和量筒稀释）。下列稀释倍数仅供参考。

粗级分 I：　10～50 倍
热级分 II：　10～50 倍
醇级分 III：　10～50 倍
柱级分 IV：　不稀释

确定了稀释倍数后，每个级分取 3 个同体积的样品进行测定，然后取平均值，计算出各级分蛋白质浓度。

2. 级分 I、II、III 蔗糖酶活性测定

用 0.02mol/L pH4.9 的乙酸缓冲液（也可以用 pH5～6 的去离子水代替）稀释各级分酶溶液，试测出测酶活性的合适稀释倍数。

I：　100～1000 倍
II：　100～1000 倍
III：　1000～10 000 倍

以上稀释倍数仅供参考。

按表 21-1 的顺序在试管中加入各试剂，进行测定，为简化操作可取消保鲜膜封口，沸水浴加热改为用 90～95℃水浴加热 8～10min。

表 21-1　级分 I、II、III 的酶活力测定

试剂	试管编号											
	对照	粗级分 I			热级分 II			醇级分 III			葡萄糖	
	1	2	3	4	5	6	7	8	9	10	11	12
酶液/ml	—	0.05	0.20	0.50	0.05	0.20	0.50	0.05	0.20	0.50	—	—
去离子水/ml	0.60	0.55	0.40	0.10	0.55	0.40	0.10	0.55	0.40	0.10	1.0	0.80
乙酸缓冲液(0.2mol/L pH4.9)/ml	0.20	0.20	0.20	0.20	0.20	0.20	0.20	0.20	0.20	0.20	—	—

续表

试剂	试管编号											
	对照	粗级分 I			热级分 II			醇级分 III			葡萄糖	
	1	2	3	4	5	6	7	8	9	10	11	12
葡萄糖 (2mmol/L)/ml	—	—	—	—	—	—	—	—	—	—	—	0.2
蔗糖 (0.2mol/L)/ml	0.20	0.20	0.20	0.20	0.20	0.20	0.20	0.20	0.20	0.20	—	—
	加入蔗糖，立即摇匀开始计时，室温准确反应 10min 后，立即加碱性铜试剂中止反应											
碱性铜试剂/ml	1.0	1.0	1.0	1.0	1.0	1.0	1.0	1.0	1.0	1.0	1.0	1.0
	用保鲜膜封口，扎眼，沸水浴加热 8min，立即用自来水冷却。											
磷钼酸试剂/ml	1.0	1.0	1.0	1.0	1.0	1.0	1.0	1.0	1.0	1.0	1.0	1.0
去离子水/ml	5.0	5.0	5.0	5.0	5.0	5.0	5.0	5.0	5.0	5.0	5.2	5.0
A_{650}												
$E'=\mu mol/(min\cdot ml)$												
平均 $E'=\mu mol/(min\cdot ml)$												
U/ml 原始组分												

3. 柱级分 IV 酶活力的测定

（1）酶活力的测定参照“表 21-1”设计一个表格，反应混合物仍为 1ml。

（2）第 1 管仍为蔗糖对照，9、10 管为葡萄糖的空白与标准，与“表 21-1”中的 11、12 管相同。

（3）2～7 管加入柱级分 IV（取样前先试测出合适的稀释倍数），分别为 0.02ml、0.05ml、0.1ml、0.2ml、0.4ml 和 0.6ml，然后各加入 0.2ml 乙酸缓冲液（0.2mol/L，pH4.9），每管用去离子水补足到 0.8ml。

（4）1～7 管中各加入 0.2ml 0.2mol/L 的蔗糖，每管由加入蔗糖时开始计时，室温下准确反应 10min，立即加入 1ml 碱性铜试剂中止反应，然后按“表 21-1”中的步骤进行测定。

（5）第 8 管为 0 时间对照，与第 7 管相同，只是在加入 0.2ml 蔗糖之前，先加入碱性铜试剂，防止酶解作用。此管只用于观察，不进行计算。

（6）计算柱级分 IV 的酶活力：U/ml 原始溶液。

（7）以每分钟生成的还原糖的微摩尔数为纵坐标，以试管中 1ml 反应混合物中的酶浓度（mg 蛋白质/ml）为横坐标，画出反应速度与酶浓度的关系曲线。

稀释后酶液的活力（按还原糖计算）：

$$E' = \frac{A_{650}\times 0.2\times 2}{A'_{650}\times 10\times B}\left(\frac{\mu\text{mol}}{\text{min}\times\text{ml}}\right)$$

式中，A_{650} 为第 2～10 管所测 A_{650}；A'_{650} 为第 12 管所测 A_{650}；0.2 为第 12 管葡萄

糖取样量；2 为标准葡萄糖浓度 2mmol/L＝2μmol/ml；10 为反应 10min；*B* 为每管加入酶液毫升数；原始酶液的酶活力 E＝(平均 E/2)×稀释倍数（U/ml 原始组分）。

4. 计算各级分的比活力、纯化倍数及回收率，并将数据列于下表

为了测定和计算下面纯化表中的各项数据，对各个级分都必须取样，每取一次样，对于下一级分来说会损失一部分量，因而要对下一个级分的体积进行校正，以使回收率的计算不致受到影响。

酶的纯化表如下：

试剂	级分			
	I	II	III	IV
记录体积/ml				
校正体积/ml				
蛋白质/(mg/ml)				
总蛋白/mg				
U/ml				
总 U				
比活/(U/mg)				
纯化倍数	1.0			
回收率/%	100			

注：一个酶活力单位 U，是在给定的实验条件下，每分钟能催化 1μmol 蔗糖水解所需的酶量，而水解 1μmol 蔗糖则生成 2μmol 还原糖，计算时请注意。

下面是对假定的各级分记录体积进行校正计算的方法和结果。

试剂	级分			
	I	II	III	IV
记录体积/ml	15	13.5	5	6
核正体积计算	15	13.5×(15/13.5)	5×(15/13.5)×(13.5/12)	6×(15/13.5)×(13.5/12)×(5/3.5)
取样体积/ml	1.5	1.5	1.5	—
校正后体积/ml	15.00	15.00	6.25	10.71

【试剂和器材】

1. 试剂

(1) 碱性铜试剂（用毕回收）：称取 10g 无水 Na_2CO_3，加入 100ml 去离子水溶解，另称取 1.88g 酒石酸，用 100ml 去离子水溶解，混合两溶液，再加入 1.13g 结晶 $CuSO_4$，溶解后定容到 250ml。

(2) 磷钼酸试剂（用毕回收）：在烧杯内加入钼酸 17.5g、钨酸钠 2.5g、10%NaOH 100ml、去离子水 100ml，混合后煮沸约 30min（小心不要蒸干），除去钼酸中存在的氨，直到无氨味为止，冷却后加 85%磷酸 63ml，混合并用去离子水稀释到 250ml。

(3) 0.25%苯甲酸 200ml，配葡萄糖用。

(4) 葡萄糖标准溶液。

a. 储液：精确称取无水葡萄糖（应在 105℃恒重过）0.1802g，用 0.25%苯甲酸溶液溶解后，定容到 100ml 容量瓶中（浓度为 10mmol/L）。

b. 操作溶液：用移液管取储液 10ml，置于 50ml 容量瓶中，用 0.25%苯甲酸或去离子水稀释至刻度（浓度为 2mmol/L）。

(5) 0.2mol/L 蔗糖溶液 50ml，分装于小试管中冰冻保存，因蔗糖极易水解，用时取出一管化冻后摇匀。

(6) 0.2mol/L 乙酸缓冲液，pH4.9，200ml。

(7) 牛血清清蛋白标准蛋白质溶液（浓度范围：200～500μg/ml，精确配制 50ml）。

(8) 考马斯亮蓝 G-250 染料试剂：100mg 考马斯亮蓝 G-250 全溶于 50ml 95%乙醇后，加入 100ml 85%磷酸，用去离子水稀释到 1L（公用）。

2. 器材

试管和试管架；秒表；移液管：0.1ml、0.2ml、2.0ml、5.0ml；可见光分光光度计；电炉；水浴锅；橡皮筋；保鲜膜。

四、反应时间对产物形成的影响

【实验目的】

了解酶促反应时间对产物形成的影响。

【实验原理】

本实验是以蔗糖为底物，测定蔗糖酶与底物反应的时间进程曲线，即在酶反应的最适条件下，每间隔一定的时间测定产物的生成量，然后以酶反应时间为横坐标，产物生成量为纵坐标，画出酶反应的时间进程曲线。由该曲线可以看出，曲线的起始部分在某一段时间范围内呈直线。其斜率代表酶反应的初速度；随着反应时间的延长，曲线斜率不断减小，说明反应速度逐渐降低，这可能是因为底物浓度降低和产物浓度增高而使逆反应加强等原因所致的，因此测定准确的酶活力，必须在进程曲线的初速度时间范围内进行，测定这一曲线和初速度的时间范围，是酶动力学性质分析中的组成部分和实验基础。

【操作步骤】

（1）准备 12 支试管，按“表 21-2”进行加样和测定。用反应时间为 0 的第 1 管作空白对照，此试管要先加碱性铜试剂后加酶。第 10 支试管是校正蔗糖的酸水解。用第 11 管作为对照，测定第 12 管葡萄糖标准的光吸收值，用以计算第 2～9 各测定管所生成的还原糖的“微摩尔”数。

（2）表 21-2 中底物蔗糖的量为每管 0.25μmol，全部反应后可产生 0.5μmol 的还原糖，所有的蔗糖和酶浓度应使底物在 20min 内基本反应完。

（3）画出生成的还原糖的微摩尔数（即产物浓度 μmol/ml）与反应时间的关系曲线，即反应的时间进程曲线，求出反应的初速度。

表 21-2　反应时间对产物浓度的影响

试剂	试管编号											
	1	2	3	4	5	6	7	8	9	10	11	12
2.5mmol/L 蔗糖/ml	0.1	0.1	0.1	0.1	0.1	0.1	0.1	0.1	0.1	0.1	—	—
乙酸缓冲液/ml	0.2	0.2	0.2	0.2	0.2	0.2	0.2	0.2	0.2	0.2	—	—
去离子水/ml	0.4	0.4	0.4	0.4	0.4	0.4	0.4	0.4	0.4	0.7	1.0	0.8
葡萄糖 2mmol/L	—	—	—	—	—	—	—	—	—	—	—	0.2
碱性铜试剂/ml	1.0	—	—	—	—	—	—	—	—	—	—	—
由加酶时开始计时												
蔗糖酶（约 1∶5)/ml	0.3	0.3	0.3	0.3	0.3	0.3	0.3	0.3	0.3	—	—	—
反应时间/min	0	1	3	4	8	12	20	30	40			
反应到时后立即向“2～12”管加入 1ml 碱性铜试剂中止反应												
碱性铜试剂/ml	—	1.0	1.0	1.0	1.0	1.0	1.0	1.0	1.0	1.0	1.0	1.0
盖薄膜，扎孔，沸水浴上煮 8min 后速冷却												
磷钼酸试剂/ml	1.0	1.0	1.0	1.0	1.0	1.0	1.0	1.0	1.0	1.0	1.0	1.0
去离子水/ml	5.0	5.0	5.0	5.0	5.0	5.0	5.0	5.0	5.0	5.0	5.0	5.0
测定 A_{650}												
生成还原糖的微摩尔数												

五、pH 对蔗糖酶活性的影响

【实验目的】

了解 pH 对蔗糖酶活性的影响。

【实验原理】

酶的生物学特性之一是它对酸碱度的敏感性，这表现在酶的活性和稳定性易受环境 pH 的影响。pH 对酶的活性的影响极为显著，通常各种酶只在一定的 pH 范围内才表现出活性，同一种酶在不同的 pH 下所表现的活性不同，其表现活性最高时的 pH 称为该酶的最适 pH。各种酶在特定条件下都有它各自的最适 pH。在进行酶学研究时一般都要制作一条 pH 与酶活性的关系曲线，即保持其他条件恒定，在不同 pH 条件下测定酶促反应速度，以 pH 为横坐标，反应速度为纵坐标作图。由此曲线，不仅可以了解反应速度随 pH 变化的情况，而且可以求得酶的最适 pH。

酶溶液 pH 之所以会影响酶的活性，很可能是因为它改变了酶活性部位有关基团的解离状态，而酶只有处于一种特殊的解离形式时才具有活性，例如：

$$\underset{(无活性)}{EH_2^+} \underset{pK_{a1}}{\rightleftharpoons} \underset{(有活性)}{EH+H^+} \underset{pK_{a2}}{\rightleftharpoons} \underset{(无活性)}{E^-+H^+}$$

酶的活性部位有关基团的解离形式如果发生变化，都将使酶转入“无活性”状态。在最适 pH 时，酶分子上活性基团的解离状态最适合于酶与底物的作用。此外，缓冲系统的离子性质和离子强度也会对酶的催化反应产生影响。

蔗糖酶有两组离子化活性基团，它们均影响酶水解蔗糖的能力。其解离常数分别是 $pK_a=7$ 和 $pK_a=3$。

【操作步骤】

（1）按下表配制 12 种缓冲溶液：将两种缓冲试剂混合后总体积均为 10ml，其溶液 pH 以酸度计测量值为准。

溶液 pH	缓冲试剂	体积/ml	缓冲试剂	体积/ml
2.5	0.2mol/L 磷酸氢二钠	2.00	0.2mol/L 柠檬酸	8.00
3.0	0.2mol/L 磷酸氢二钠	3.65	0.2mol/L 柠檬酸	6.35
3.5	0.2mol/L 磷酸氢二钠	4.85	0.2mol/L 柠檬酸	5.15

续表

溶液 pH	试　剂	体积/ml	试　剂	体积/ml
3.5	0.2mol/L 乙酸钠	0.60	0.2mol/L 乙酸	9.40
4.0	0.2mol/L 乙酸钠	1.80	0.2mol/L 乙酸	8.20
4.5	0.2mol/L 乙酸钠	4.30	0.2mol/L 乙酸	5.70
5.0	0.2mol/L 乙酸钠	7.00	0.2mol/L 乙酸	3.00
5.5	0.2mol/L 乙酸钠	8.80	0.2mol/L 乙酸	1.20
6.0	0.2mol/L 乙酸钠	9.50	0.2mol/L 乙酸	0.50
6.0	0.2mol/L 磷酸氢二钠	1.23	0.2mol/L 磷酸二氢钠	8.77
6.5	0.2mol/L 磷酸氢二钠	3.15	0.2mol/L 磷酸二氢钠	6.85
7.0	0.2mol/L 磷酸氢二钠	6.10	0.2mol/L 磷酸二氢钠	3.90

（2）准备两组各 12 支试管，第一组试管每支都加入 0.2ml 上表中相应的缓冲液，然后加入一定量的蔗糖酶（此时的蔗糖酶只能用去离子水稀释），酶的稀释倍数和加入量要选择适当，以便在当时的实验条件下能得到 0.6～1.0 的光吸收值（A_{650}）。另一组试管也是每支都加入 0.2ml 上表中相应的缓冲液，但不再加酶而加入等量的去离子水，分别作为测定时的空白对照管。所有的试管都用去离子水补足到 0.8ml。

（3）所有的试管按一定时间间隔加入 0.2ml 蔗糖（0.2mol/L）开始反应，反应 10min 后分别加入 1.0ml 碱性铜试剂，用保鲜膜包住试管口并刺一小孔，在沸水浴中煮 8min，取出后速冷却，分别加入 1.0ml 磷钼酸试剂，反应完毕后加入 5.0ml 去离子水，摇匀测定 A_{650}。

（4）本实验再准备两支试管，一支用去离子水作空白对照；另一支作葡萄糖标准管。

（5）画出不同 pH 下蔗糖酶活性（μmol/min）与 pH 的关系曲线，注意画出 pH 相同，而离子不同的两点，观察不同离子对酶活性的影响。

六、温度对酶活性的影响和反应活化能的测定

【实验目的】

了解温度对酶活性的影响及反应活化能的测定。

【实验原理】

对温度的敏感性是酶的又一个重要特性。温度对酶的作用具有双重影响，一方面温度升高会加速酶反应速度；另一方面又会加速酶蛋白的变性速度，因此在

较低的温度范围内，酶反应速度随温度升高而增大，但是超过一定温度后，反应速度反而下降。酶反应速度达到最大时的温度称为该酶反应的最适温度。如果保持其他反应条件恒定，在一系列不同的温度下测定酶活力，即可得到温度—酶活性曲线，并得到酶反应的最适温度。最适温度不是一个恒定的数值，它与反应条件有关。如反应时间延长，最适温度将降低。大多数酶在 60℃以上变性失活，个别的酶可以耐 100℃左右的高温。本实验除了测定蔗糖酶催化蔗糖水解反应的热稳定温度范围与最适温度外，还可以同时测定反应的活化能。活化能越低，反应速度就越快。酶作为催化剂可以大大降低反应的活化能，从而大大增加反应的速度。本实验除了测定蔗糖酶催化反应的活化能外，还要测定酸催化这一反应的活化能，后者比前者要大得多，说明酸催化的能力远不及蔗糖酶。

活化能可用阿累尼乌斯方程式计算：

$$\ln k = -\frac{E_a}{R} \times \frac{1}{T_0} + A$$

式中，E_a 为活化能（cal/mol），k 为反应速度常数（μmol/min），R 为气体常数（1.987Cal/deg · mol），T_0 为绝对温度（℃＋273），A 为常数。

本实验中的速度常数“k”，可以直接用所测定的吸光度值或反应速度 v 代替，进行作图和计算，请对此进行推导和论证（提示：蔗糖酶催化蔗糖底物水解的反应是一级反应）。

【操作步骤】

本实验要测定 0～100℃之间 16 个不同温度下蔗糖酶催化和酸催化的反应速度。这 16 个温度是冰水浴的 0℃，室温（约 20℃），沸水浴的 100℃和 13 个水浴温度：10℃、30℃、40℃、50℃、55℃、60℃、65℃、70℃、75℃、80℃、85℃、90℃、95℃。

每个温度准备 2 支试管，一支加酶，测酶催化；1 支不加酶，以乙酸缓冲液作为酸，测酸催化。

（1）确定酶的稀释倍数，试管中加入 0.2ml 0.2mol/L pH4.9 的乙酸缓冲液，0.2ml 稀释的酶，加水至 0.8ml，再加入 0.2ml 0.2mol/L 的蔗糖开始计时，在室温下反应 10min，仍用费林试剂法进行测定，须得到 0.2～0.3 的吸光度，准备一个水的空白对照管（0.8ml 去离子水加 0.2ml 0.2mol/L 的蔗糖），用于测定所有的样品管。

（2）测定上列各个温度下的反应速度，每次用 2 支试管，均加入 0.2ml 乙酸缓冲液，一支加 0.2ml 酶，另一支不加酶，均用去离子水调至 0.8ml，放入水浴温度下使反应物平衡 30s，加入 0.2mol/L 蔗糖 0.2ml，准确反应 10min，立即加入 1.0ml 碱性铜试剂中止反应，按规定进行操作，测定各管 A_{650} 值，记录每个水浴的准确温度。

（3）酶催化的各管 A_{650} 值均进行酸催化的校正。分别画出酶催化和酸催化的反应速度对温度的关系曲线和 ln$k$-1/T 的关系曲线，用两条 ln$k$-1/T 关系曲线的线性部分计算两种活化能。

（文献值：蔗糖酶催化蔗糖水解的活化能为　$E_a = 8000$Cal/mol；酸催化蔗糖水解的活化能为　$E_a = 25\,000$cal/mol）

（4）计算温度系数 Q_{10}，即温度每升高 10℃，反应速度提高的倍数

$$Q_{10} = \frac{V_{(T+10)}}{V_T} \cong \frac{k_{(T+10)}}{k_T}$$

请推导计算公式

$$\ln Q_{10} = \frac{10 \times E_a}{R \times T \times (T+10)}$$

七、底物浓度对催化反应速度的影响及米氏常数 K_m 和最大反应速度 V_{max} 的测定

【实验目的】

学习米氏常数 K_m 和最大反应速度 V_{max} 的测定。

【实验原理】

根据 Michaelis-Menten 方程：

$$V = \frac{V_{max}[S]}{K_m + [S]}$$

可以得到 Lineweaver-Burk 双倒数直线方程：

$$\frac{1}{V} = \frac{K_m}{V_{max}} \times \frac{1}{[S]} + \frac{1}{V_{max}}$$

在 $1/V$ 纵轴上的截距是 $1/V_{max}$，在 $1/[S]$ 横轴上的截距是 $-1/K_m$。

测定 K_m 和 V_{max}，特别是测定 K_m，是酶学研究的基本内容之一，K_m 是酶的一个基本的特性常数，它包含着酶与底物结合和解离的性质，特别是同一种酶能够作用于几种不同的底物时，米氏常数 K_m 往往可以反映出酶与各种底物亲和力的强弱，K_m 值越大，说明酶与底物亲和力的越弱；反之，K_m 值越小，酶与底物的亲和力越强。

双倒数作图法应用最广泛，其优点是：①可以精确地测定 K_m 和 V_{max}；②根据是否偏离线性很容易看出反应是否违反 Michaelis-Menten 动力学；③可以较容易地分析各种抑制剂的影响。此作图法的缺点是实验点不均匀，V 的误差很大。为此，建议采用一种新的 Eisenthal 直线作图法，即将 Michaelis-Menten 方程改变为：

$$V_{max} = V + \frac{V}{[S]} K_m$$

作图时，在纵轴和横轴上截取每对实验值：$V_1 \sim [S]_1$；$V_2 \sim [S]_2$；$V_3 \sim [S]_3$；分别连接这些二截点，得到多条直线相交于一点，由此点即可得 K_m 和 V_{max}。

此作图法的优点是：①不用作双倒数计算；②很容易识别出那些不正确的测定结果。

$$\frac{[S]}{V} = \frac{K_m}{V_{max}} + \frac{1}{V_{max}}[S]$$

还可以用 Hanes 方程进行作图，斜率是 $1/V_{max}$，截距分别是 K_m 和 K_m/V_{max}。

【操作步骤】

(1) 本实验和下一个实验均采用 Nelson's 法分析反应产物还原糖，Nelson's 法的试剂配制见本实验最后的“试剂”。因为使用了剧毒药品，操作必须十分仔细小心！为了掌握 Nelson's 法测定的范围，可先作一条标准曲线。按下面的表 21-3 进行实验操作：

表 21-3 Nelson's 法测定葡萄糖的标准曲线

试剂	试管编号									
	1	2	3	4	5	6	7	8	9	10
葡萄糖 (4mmol/L)/ml	—	0.02	0.05	0.10	0.15	0.20	0.25	0.30	—	—
果糖 (4mmol/L)/ml	—	—	—	—	—	—	—	—	0.20	—
蔗糖 (4mmol/L)/ml	—	—	—	—	—	—	—	—	—	0.20
ddH_2O/ml	1.0	0.98	0.95	0.90	0.85	0.80	0.75	0.70	0.80	0.80
Nelson's 试剂/ml	1.0	1.0	1.0	1.0	1.0	1.0	1.0	1.0	1.0	1.0
	盖薄膜，扎孔，沸水浴中煮 20min 后速冷却									
砷试剂/ml	各 1.0									
	充分混合，除气泡，放置 5min									
ddH_2O/ml	各 7.0									
	涡旋混合器上充分混合									
每管中糖的微摩尔数										
A_{510}										

用第 1 管作空白对照，测定其余各管 510nm 的吸光度 A_{510}。用 A_{510} 值对还原糖的微摩尔数作图。

Eisenthal 直线作图法（图 21-1）。

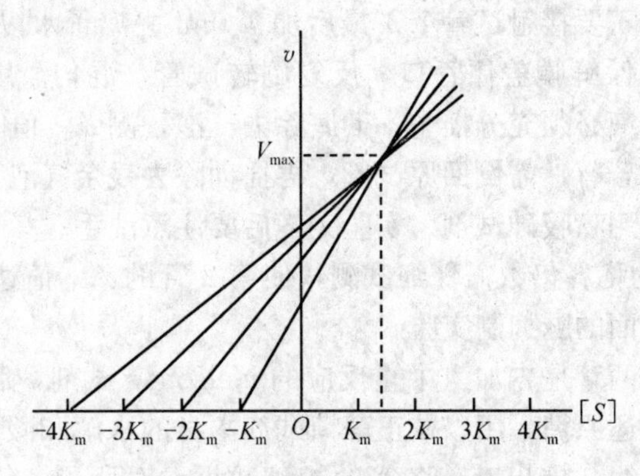

图 21-1　Eisenthal 直线作图法

（2）按下面的表 21-4 测定不同底物浓度对催化速度的影响。

表 21-4　底物浓度对酶催化反应速度的影响（K_m 和 V_{max} 测定表）

试剂	试管编号											
	1	2	3	4	5	6	7	8	9	10	11	12
0.5mol/L 蔗糖/ml	—	0.02	0.03	0.04	0.06	0.08	0.10	0.20	0.10	0.20	—	—
去离子水/ml	0.60	0.58	0.57	0.56	0.54	0.52	0.50	0.40	0.50	0.40	1.0	0.8
乙酸缓冲液/ml	0.20	0.20	0.20	0.20	0.20	0.20	0.20	0.20	0.20	0.20	—	—
Nelson′s 试剂/ml	—	—	—	—	—	—	—	—	1.0	1.0	—	—
* 蔗糖酶/ml	0.20	0.20	0.20	0.20	0.20	0.20	0.20	0.20	0.20	0.20	—	—
葡萄糖 4mmol/L/ml	—	—	—	—	—	—	—	—	—	—	—	0.20
	由加酶开始准确计时，反应 10min											
Nelson′s 试剂/ml	1.0	1.0	1.0	1.0	1.0	1.0	1.0	1.0	—	—	1.0	1.0
	盖薄膜，扎孔，沸水浴中煮 20min 后速冷											
砷试剂/ml	各 1.0											
	充分混合，除气泡，放置 5min											
去离子水/ml	各 7.0											
	涡旋混合器上充分混合											
A_{510}												
校正值												
校正后 A_{510}												
$[S]$												
$1/[S]$												
V												
$1/V$												

* 表中酶的稀释倍数需仔细测试，使第 2 管的 A_{510} 值达到 0.2～0.3。

为使 K_m 测准，必须先加蔗糖，精确移液，准确计时，每隔 30s 或 1min 加酶一次，加酶后要摇动一下试管，每支试管都要保证准确反应 10min，然后加 1.0ml Nelson's 试剂，立即用保鲜膜盖住管口，绕上橡皮筋，用针刺一小孔，几支试管用一根橡皮筋套住放入沸水浴，煮 20min 后取出放入冷水中速冷。加砷试剂时移液管身不要接触试管壁。最后加 7.0ml 去离子水以后，要充分摇匀，必要时可用一小块保鲜膜盖住管口，反复倒转试管，混匀。用塑料比色杯测定时，空白对照管溶液必须充分摇匀，彻底除去气泡，测 A_{510} 值时要检查比色杯内壁上是否有气泡，若有，需倒回原试管，再摇动除去残余气泡。

实验中不允许用嘴吸砷试剂。实验完毕后要注意洗手。

表 21-4 中酶的稀释倍数需仔细试测，使第 2 管的 A_{510} 值达到 0.2～0.3，以便能同时适用于下面的脲抑制实验。

(3) 第 9、10 两管是先加入中止反应的 Nelson's 试剂，后加酶，以保证加酶后不再产生任何还原糖，用以校正蔗糖试剂本身的水解和酸水解。用第 9、10 两管的数据画一直线，求出其他各管的校正数据，对所测各管的 A_{510} 值进行校正，然后计算每管的 $[S]$，$1/[S]$，V 和 $1/V$。

(4) 画出反应速度 V 与底物浓度 $[S]$ 的关系图，(米氏曲线) 和 $1/V$-$1/[S]$ 的双倒数关系图，(不要直接用 A_{510} 值作图)，计算 K_m 和 V_{max}，并与文献值进行比较。

催化反应速度的计算：

$$V = \frac{A_{510(\text{校正})} \times 0.2 \times 4}{A'_{510} \times 10 \times 2}$$

式中，V 为每毫升反应液，每分钟消耗掉的蔗糖底物的微摩尔数；A'_{510} 为第 12 管的吸光度值，以第 11 管为参比；0.2×4 为 4μmol/ml 葡萄糖取 0.2ml；10 为反应 10min；2 为每微摩尔蔗糖水解成 2μmol 还原糖。

八、尿素（脲）抑制蔗糖酶的实验

【实验目的】

了解抑制剂的判断方法。

【实验原理】

抑制剂与酶的活性部位结合，改变了酶活性部位的结构或性质，引起酶活力下降。根据抑制剂与酶结合的特点可分为可逆抑制剂与不可逆抑制剂。不可逆抑制剂与酶通过共价键结合，不能用透析等物理方法解除。这两种抑制剂类型可以通过实验进行判断。实验方法为：在固定抑制剂浓度的情况下，用一系列不同浓度的酶与抑制剂结合，并测定反应速度。以反应速度对酶的浓度作图，根据曲线的特征即可判断。如图 21-2 所示。

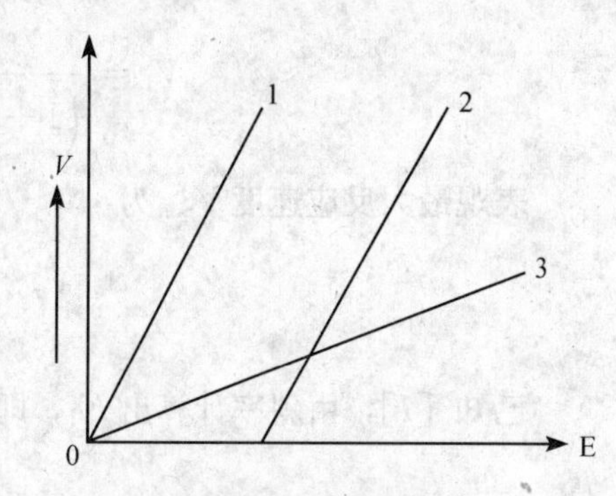

图 21-2　抑制类型

1. 正常；2. 不可逆抑制；3. 可逆抑制

在可逆抑制类型中可分为竞争性抑制、非竞争性抑制和反竞争性抑制三种。在此仅介绍前两种。

1. 竞争性抑制

在竞争性抑制中，酶既可以与底物结合，又可以与抑制剂结合，但却不能与二者同时结合，即有 ES 和 EI，而不存在 ESI。其动力学特征是表观值 K'_m增加，而最大反应速度 V_{max}不变，公式为

$$V_I = \frac{V_{max}[S]}{K_m\left(1+\frac{[I]}{K_I}+[S]\right)}$$

表观米氏常数 K'_m为

$$K'_m = K_m\left(1+\frac{[I]}{K_I}\right)$$

已知抑制剂浓度［I］，由斜率计算出抑制剂常数 K_I，即可算出表观米氏常数 K'_m。

2. 非竞争性抑制

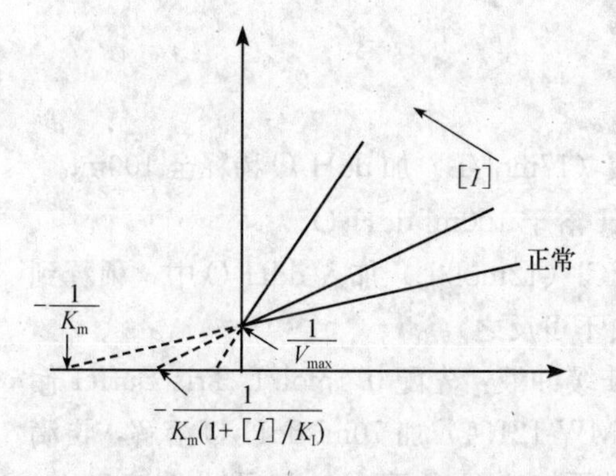

图 21-3　竞争性抑制曲线

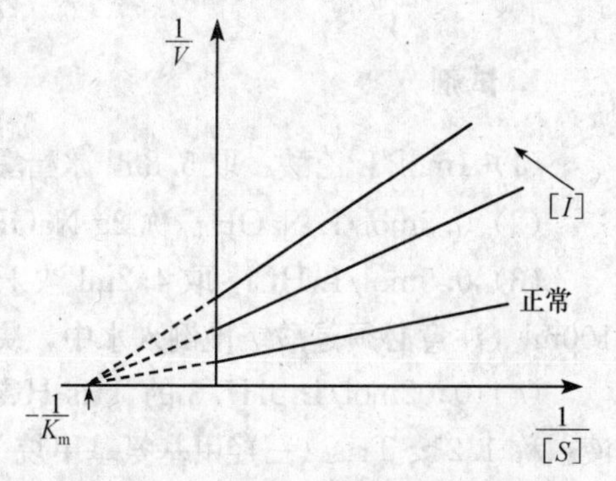

图 21-4　非竞争性抑制曲线

在非竞争性抑制中，酶可以与底物和抑制剂同时结合，形成 EIS，但 EIS 不能进一步转变为产物。其动力学特征是 V_{max}降低而 K_m 不变，公式为

$$V_I = \frac{V_{max}[S]}{\left(1+\frac{[I]}{K_I}\right)(K_m+[S])}$$

表观最大反应速度 V_{max} 为

$$V'_{max} = \frac{V_{max}}{1+\frac{[I]}{K_I}}$$

已知［I］，由斜率计算出 K_I，即可计算出表观 V_{max}。

【操作步骤】

（1）判断可逆与不可逆抑制的实验（可选做）。

（2）不含抑制剂（脲）的实验，可用实验七的数据，但必须是用同一稀释倍数的酶，也可以重做，注意酶浓度要大些。

（3）含脲抑制剂的实验可参照表 21-4 设计实验方案。共做三种抑制剂浓度［I］的实验，即分别为加入 4mol/L 的脲 0.10ml、0.20ml 和 0.30ml，（注意：此时要分别少加 H_2O 0.1ml、0.2ml 和 0.3ml），仍为 12 支试管，每支试管都要加脲，第 9、10 两管仍为校正酸水解。第 11、12 标准管也要加脲，以消除脲对显色的影响。

（4）画出反应速度与底物浓度的关系图，和 I/V～I/［S］关系图，计算 K_m、V_{max}、K_I 和相应的表观值，讨论脲对蔗糖酶活性的影响。

【试剂和器材】

1. 试剂

（1）1mol/L 乙酸：取 5.8ml 冰醋酸（17mol/L）加 ddH_2O 稀释至 100ml。

（2）0.5mol/L NaOH：称 2g NaOH 溶于 100ml ddH_2O。

（3）0.5mol/L HCl：取 4.2ml 浓 HCl（12mol/L）加入 ddH_2O 中，稀释到 100ml（注意必须是酸缓慢倒入水中，决不可反之）。

（4）0.02mol/L pH7.3 的 Tris-HCl 缓冲液：先配 0.1mol/L Tris Buffer 储液：称 1.21g Tris（三羟甲基氨基甲烷 MW 121.1）加 70ml ddH_2O 溶解，再滴加 4mol/L HCl 约 21ml，调 pH 为 7.3，再加 ddH_2O 至 100ml。取此储液 50ml，加 ddH_2O 至 250ml。

（5）4mol/L HCl：取 166.7ml 浓 HCl（12mol/L），加 ddH_2O 至 500ml。

（6）0.02mol/L pH7.3 Tris -HCl 缓冲液（含 0.2mol/L NaCl）：称 0.584g

NaCl（MW 58.4）用 0.02mol/L pH7.3 的 Tris -HCl 缓冲溶液溶解，并定容到 50ml。

（7）0.2mol/L 蔗糖：称 3.423g 蔗糖（MW 342.3）加 ddH_2O 溶解，定容到 50ml，分装到 10 个小试管中冰冻保存。

（8）0.2mol/L pH4.9 乙酸缓冲液：称 2.461g 无水乙酸钠（MW 82.03）溶于 150ml ddH_2O，加约 40～50ml 0.2mol/L 乙酸，调 pH 为 4.9，存于 4℃冰箱，瓶口用薄膜封口。

（9）0.5mol/L 蔗糖：称 8.558g，加 ddH_2O 溶解，定容到 50ml，分装于小试管中，冰冻保存。

（10）5mmol/L 蔗糖：取 0.5mol/L 蔗糖，加 ddH_2O 稀释 100 倍。

（11）4mmol/L 葡萄糖：取 40ml 10mmol/L 葡萄糖，加 ddH_2O 稀释至 100ml 或称 0.072g 葡萄糖（MW 180.2），加 ddH_2O 溶解定容至 100ml。

（12）4mmol/L 果糖：称 0.072g 果糖（MW 180.2）加 ddH_2O 溶解，定容至 100ml。

（13）4mmol/L 蔗糖：称 0.137g 蔗糖，加 ddH_2O 溶解定容到 100ml，现用现配。

（14）0.2mol/L 柠檬酸：称 4.203g $C_6H_8O_7 \cdot H_2O$（MW 210.14）溶于 100ml ddH_2O 中。

（15）0.2mol/L 乙酸：取 1.18ml 冰醋酸（17mol/L）或 3.3 3ml 36％乙酸（6mol/L）加 ddH_2O 至 100ml。

（16）0.2mol/L 乙酸钠：称 1.641g 无水乙酸钠溶于 100ml ddH_2O。

（17）0.2mol/L 磷酸二氢钠：称 3.120g $NaH_2PO_4 \cdot 2H_2O$(MW 156.01）溶于 100ml ddH_2O。

（18）0.2mol/L 磷酸氢二钠：称 7.163g $Na_2HPO_4 \cdot 12\ H_2O$(MW 358.14）溶于 100ml ddH_2O。

（19）Nelson's 试剂：

a. Nelson's A：称 25.0g 无水 Na_2CO_3、25.0g 酒石酸钾钠、20.0g $NaHCO_3$、200.0g 无水 Na_2SO_4，缓慢溶于 ddH_2O，稀释至 1000ml。

b. Nelson's B：称 15.0g $CuSO_4 \cdot 5H_2O$ 溶于 ddH_2O，加 2 滴浓 H_2SO_4，用 ddH_2O 稀释至 100ml。

使用时，取 50ml Nelson's A，加入 2ml Nelson's B，此溶液易出结晶，可保存在高于 20℃处，若出现结晶，可用温热水浴使之溶解。

（20）砷试剂（偶氮砷钼酸盐试剂）（教师配）：称 50.0g 钼酸铵，溶于 900ml ddH_2O，搅拌下缓慢加入 42ml 浓 H_2SO_4，再称 6.0g 砷酸钠或砷酸氢二钠，溶于 50ml ddH_2O，混合这两个溶液，加 ddH_2O 至 1000ml，37℃保温 24～

48h，室温暗处存于棕色塑料瓶中。

（21）4mol/L 尿素（脲）：称 12.01g $(NH_2)_2CO$（MW 60.06），溶于 30ml ddH_2O，加 ddH_2O 稀释至 50ml。

2. 器材

同“蔗糖酶各级分活性及蛋白质含量的测定”。

【思考题】

（1）观察 pH 对酶活性影响时，为什么要用相同 pH 但不同缓冲系统的溶液？

（2）在温度实验中为什么设置的温度间隔不同？

实验二十二　质粒 DNA 的提取、酶切和鉴定

【实验目的】

学习和掌握质粒 DNA 的提取纯化、限制性内切核酸酶酶切及琼脂糖凝胶电泳等方法和技术。

一、质粒 DNA 的提取

【实验原理】

要把一个有用的外源基因通过基因工程手段送进生物细胞中去进行繁殖和表达，需要运载工具，携带外源基因进入受体细胞的这种工具就叫载体（vector）。载体的设计和应用是 DNA 体外重组的重要条件。作为基因工程的载体必须具备下列条件：①具有自主复制的能力，载体带有复制起点才能使与它结合的外源基因复制繁殖；②载体在受体细胞中能大量增殖，只有高复制率才能使外源基因在受体细胞中大量扩增；③载体 DNA 链上有 1 到几个限制性内切核酸酶的单一识别与切割位点，便于外源基因的插入；④载体具有选择性的遗传标记，如有抗四环素基因（Te^{r}）、抗新霉素基因（Ne^{r}）等，以此判断它是否已进入受体细胞，也可根据这个标记将受体细胞从其他细胞中分离筛选出来；⑤使用安全。细菌质粒具备上述条件，它是基因工程中常用的载体之一。

质粒（plasmid）是一种染色体外的稳定遗传因子，大小为 1～200kb，是具有双链闭合环状结构的 DNA 分子，主要发现于细菌、放线菌和真菌细胞中。质粒具有自主复制和转录能力，能使子代细胞保持它们恒定的拷贝数，表达其携带的遗传信息。它可独立游离在细胞质内，也可整合到细菌染色体中，离开宿主的细胞就不能存活，但它控制的许多生物学功能也是对宿主细胞的补偿。质粒在细胞内的复制，一般分为两种类型：严紧控制型（stringent control）和松弛控制型（relaxed control）。前者只在细胞周期的一定阶段进行复制，染色体不复制时，它也不复制，每个细胞内只含有 1 个或几个质粒分子。后者的质粒在整个细胞周期中随时可以复制，在细胞里有许多拷贝，一般在 20 个以上。通常大的质

粒如F因子等，拷贝数较少，复制受到严格控制；小的质粒，如ColEⅠ质粒（含有产生大肠杆菌素*E*1基因），拷贝数较多，复制不受严格控制。在使用蛋白质合成抑制剂——氯霉素时，染色体DNA复制受阻，而松弛型ColEⅠ质粒继续复制12～16h，由原来20多个拷贝可扩增至1000～3000个拷贝，此时质粒DNA占总DNA的含量由原来的2%增加到40%～50%。本实验分离纯化的质粒pBR322就是由ColEⅠ衍生的质粒。

所有分离质粒DNA的方法都包括三个基本步骤：培养细菌使质粒扩增；收集和裂解细菌；分离和纯化质粒DNA。使用溶菌酶可破坏菌体细胞壁，十二烷基硫酸钠（SDS）可使细胞膜裂解，经溶菌酶和阴离子去污剂（SDS）处理后，细菌染色体DNA缠绕附着在细胞壁碎片上，离心时易被沉淀出来，而质粒DNA则留在上清液中。用乙醇沉淀洗涤，可得到质粒DNA。

质粒DNA分子质量一般在10^6～10^7Da范围内，如质粒pBR322的分子质量为2.8×10^6Da。在本实验中，自制质粒在电泳凝胶中呈现3条区带。

【操作步骤】

1. 培养细菌

将带有质粒pBR322的大肠杆菌接种在LB琼脂糖培养基上，37℃培养24～48h。

2. 从菌落中快速提取制备质粒DNA

(1) 用3～5根牙签挑取平板培养基上的菌落，放入1.5ml小离心管中；或取液体培养菌液1.5ml置小离心管中，转速10 000r/min，离心5min，去掉上清液。加入150μl GET缓冲液。充分混匀，在室温下放置10min，溶菌酶在碱性条件下不稳定，必须在使用时新配制溶液。使用EDTA是为了去除细胞壁上的Ca^{2+}，使溶菌酶更易与细胞壁接触。

(2) 加入200μl新配制的0.2mol/L NaOH，1%SDS。加盖，颠倒2或3次使之混匀。冰上放置5min。SDS能使细胞膜裂解，并使蛋白质变性。

(3) 加入150μl预冷的乙酸钾溶液，pH4.8。加盖后，颠倒2或3次使之混匀。冰上放置15min。乙酸钾能沉淀SDS和SDS与蛋白质的复合物，在冰上放置15min是为了使沉淀完全。

(4) 用台式高速离心机，转速10 000r/min，离心5min，上清液倒入另一干净的离心管中。如果上清液经离心后仍混浊，应混匀后再冷却至0℃并重新离心。

(5) 向上清液中加入等体积酚/氯仿（1∶1，*V/V*），振荡混匀，转速10 000r/min，离心 2min，将上清液转移至新的离心管中。用酚与氯仿的混合液除去蛋白质，效果较单独使用酚或氯仿更好。

(6) 向上清液加入 2 倍体积无水乙醇，混匀，室温放置 2min，10 000r/min 离心 5min，倒去上清乙醇溶液，把离心管倒扣在吸水纸上，吸干液体。

(7) 加 1ml 70%乙醇，振荡并离心 2min (10 000r/min)，倒去上清液，真空抽干，待用 (可以在－20℃保存)。

(8) 如果下面不进行酶切，而直接进行电泳分离，则在上述制得的样中加上 25μl 的 TE 缓冲液，再加上 5μl 样品覆盖液以备电泳之需。

【试剂和器材】

1. 试剂

(1) GET 缓冲液 (50mmol/L 葡萄糖，10mmol/L EDTA，25mmol/LTris-HCl，pH8.0)；用前加溶菌酶 4mg/ml。

(2) 乙酸钾溶液 (60ml，5mol/L KAc，11.5ml 冰醋酸，28.5ml ddH_2O，pH4.8)：该溶液钾离子浓度为 3mol/L，乙酸根离子浓度为 5mol/L。

(3) 酚水饱和液 (pH8.0)：用重蒸水饱和重蒸酚，然后用 Tris-NaOH 溶液 (1mol/LTris 5ml 和 5mol/L NaOH 300μl) 调水饱和酚的 pH 至 8.0。

(4) TE 缓冲液 (pH8.0)：10mmol/L Tris-HCl，1mmol/L EDTA，其中含 RNA 酶 (RNaseA) 20μg/ml。

(5) LB (Luria-Bertani) 培养基：称取胰蛋白胨 (bacto-tryptone) 10g，酵母提取物 (bacto-yeast extract) 5g，NaCl 10g，琼脂糖或琼脂 (固体培养基时用) 15g，用 10%NaOH 调 pH 至 7.5。

2. 器材

1.5ml 离心管 (又称 Eppendorf 离心管)；塑料离心管架 (30 孔)；10μl、100μl、1000μl 微量加样器；常用玻璃仪器及滴管等；台式高速离心机 (20 000r/min)；大肠杆菌 DH5α。

附注：

(1) 从大肠杆菌中提取的 pBR322 质粒 DNA，是一种松弛型复制的质粒，拷贝数多，氯霉素存在条件下，染色体 DNA 被抑制而质粒 DNA 不断扩增。它含有氨苄青霉素和四环素的抗性基因，以及多种使用方便的限制性酶切位点 (如 *Eco*RⅠ、*Hind*Ⅲ、*Bam*HⅠ……)。pBR322 质粒 DNA 是人工重组的，有

4363bp。不能自我转移，便于生物学防护以保证安全。

(2) 分离质粒 DNA 时，从平板上挑用的菌体不能太多（按前面讲述的，用 3～5 根牙签）。菌量多，杂酶也相对多，在所用试剂量范围内，提取、纯化相对困难，电泳后得到的 DNA 带就不整齐。

(3) 提取过程中，除规定的实验条件外，应尽量保持低温，避免过酸过碱，搅动提取液时要温和，防止机械剪切；避免脱氧核糖核酸酶对质粒 DNA 的降解及破坏。用以除去 RNA 的牛胰核糖核酸酶制剂中，常常混有脱氧核糖核酸酶，利用核糖核酸酶耐热的特性，使用时应先对酶液进行热处理（80℃，1h），使脱氧核糖核酸酶失活。

(4) 提取核酸过程中，除去蛋白质是很重要的，采用酚/氯仿去除蛋白质的效果较单独用酚或氯仿好。要将蛋白质尽量除干净，需多次抽提；但本实验只抽提一次，以防止质粒 DNA 断裂成碎片。经过预备实验结果分析，抽提一次即能达到本实验的要求。

(5) 本实验用乙醇沉淀 DNA，通常使用冷乙醇。在低温条件下，放置时间稍长可使 DNA 沉淀完全，但杂质也因此同时沉淀。本实验用室温条件沉淀，虽然得到 DNA 的量少，但其纯度相对高，以免影响电泳结果。沉淀 DNA 也可使用异丙醇，只需 0.54 倍体积就可将 DNA 沉淀出来，沉淀得完全而且快，但常把盐沉淀出来，所以用的较广泛的还是乙醇。

二、质粒 DNA 的限制性内切核酸酶酶切及琼脂糖凝胶电泳分离、鉴定

【实验原理】

限制性内切核酸酶（也可称限制酶）是在细菌对噬菌体的限制和修饰现象中发现的。细菌细胞内同时存在一对酶，分别为限制性内切核酸酶（限制作用）和 DNA 甲基化酶（修饰作用）。它们对 DNA 底物有相同的识别顺序，但生物功能却相反。由于细胞内存在 DNA 甲基化酶，它能在限制性内切酶所识别的若干碱基上甲基化，就避免了限制性内切核酸酶对细胞自身 DNA 的切割破坏，而对感染的外来噬菌体 DNA，因无甲基化保护而被切割破坏。所以限制性内切核酸酶是该细菌细胞的卫士，它与 DNA 甲基化酶一起构成了保护自己、抵抗外源 DNA 入侵的防御机制。如果入侵的噬菌体 DNA 没有完全被限制性内切核酸酶切割破坏，残留的噬菌体 DNA 在复制时，由于 DNA 甲基化酶的存在，同样地也在识别部位进行修饰——甲基化。限制性内切核酸酶对这种复制后的噬菌体

DNA 就奈何不得，以致大量繁殖起来，该受体细胞也因此遭到了灭顶之灾！

目前已发现的限制性内切核酸酶有数百种。*Eco*R Ⅰ和 *Hin*d Ⅲ都属于Ⅱ型限制性内切核酸酶，这类酶的特点是具有能够识别双链 DNA 分子上的特异核苷酸顺序的能力，能在这个特异性核苷酸序列内，切断 DNA 的双链，形成一定长度和顺序的 DNA 片段。*Eco*R Ⅰ和 *Hin*d Ⅲ的识别序列和切口分别是：

*Eco*R Ⅰ：G↓AATTC； *Hin*d Ⅲ：A↓AGCTT

G、A 等核苷酸表示酶的识别序列，箭头表示酶切口。限制性内切核酸酶对环状质粒 DNA 有多少切口，就能产生多少个酶解片段，因此鉴定酶切后的片段在电泳凝胶的区带数，就可以推断酶切口的数目，从片段的迁移率可以大致判断酶切片段的大小。用已知相对分子质量的线状 DNA 为对照，通过比较电泳迁移率，可以粗略地测出分子形状相同的未知 DNA 的相对分子质量。我们采用 *Eco*R Ⅰ和 *Hin*d Ⅲ分别酶切 λDNA，其酶切片段作为样品酶切片段大小的相对分子质量标准，参看表 22-1 和表 22-2。

表 22-1 λDNA *Eco*R Ⅰ酶解片段

片段	碱基对数目/kb	分子质量/Da
1	21.226	13.7×10^6
2	7.421	4.74×10^6
3	5.804	3.73×10^6
4	5.643	3.48×10^6
5	4.878	3.02×10^6
6	3.530	2.13×10^6

表 22-2 λDNA *Hin*d Ⅲ酶解片段

片段	碱基对数目/kb	分子质量/Da
1	23.130	15.0×10^6
2	9.419	6.12×10^6
3	6.557	4.26×10^6
4	4.371	2.84×10^6
5	2.322	1.51×10^6
6	2.028	1.32×10^6
7	0.564	0.37×10^6
8	0.125	0.08×10^6

质粒的加工需要工具酶，限制性内切核酸酶是重要的工具酶之一。将质粒和外源基因用限制性内切核酸酶酶切，再经过复性和 DNA 连接酶封闭切口，便可获得携带外源基因的重组质粒（图 22-1）。重组质粒可以转移到另一个生物细胞中去（细胞转化或转染），进而复制、转录和表达外源基因产物。这样通过基因工程可获得所需的各种蛋白质产物。本实验以商品 pBR322 质粒 DNA 为标准，以自己提取的 pBR322 质粒 DNA 为样品，用限制性内切核酸酶酶切，再经琼脂

糖凝胶电泳分离酶切片段，以鉴定自制 pBR322 质粒 DNA。

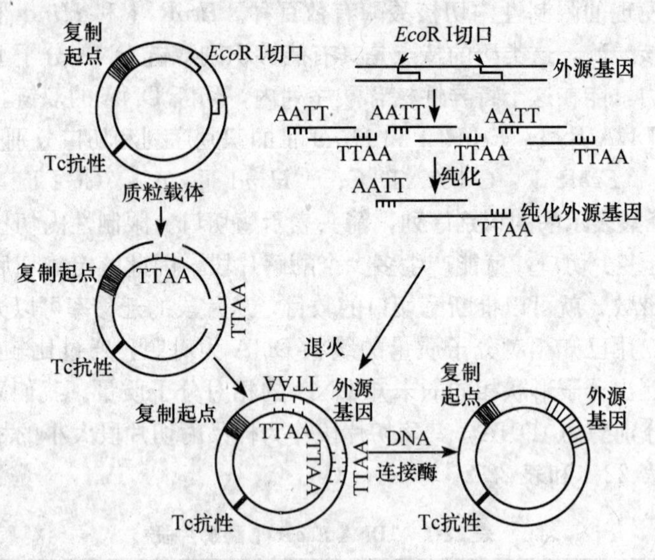

图 22-1　携带外源基因的重组质粒制备过程

【操作步骤】

1. 质粒 DNA 的酶解

将上一实验纯化并经真空干燥的自制 pBR322 质粒加 20μl TE 缓冲液（内含新加入的 RNaseA)，使 DNA 完全溶解。

将清洁、干燥、灭菌的具塞离心小管编号，用微量加样器按表 22-3 所示将各种试剂分别加入到每个小管内。加样时，要精神集中，严格操作，反复核对，做到准确无误。加样时不仅要防止错加或漏加的现象，而且还要保持公用试剂的纯净。应该指出，该项操作环节是整个实验的关键之一。

表 22-3　DNA 酶解加样表*（两位同学所加的样品）

试剂		试管编号						
		1	2	3	4	5	6	7
样品	λDNA/μg	—	—	—	1	—	—	—
	pBR322/μg	—	—	0.5	—	0.5	—	—
	自提质粒/μl	10	10	—	—	—	10	10
限制性内切酶	*Eco*R Ⅰ/μl	—	4	—	4	4	4	—
酶解缓冲液	*Eco*R Ⅰ 10×/μl	2	2	2	2	2	2	2
无菌水		无菌双蒸水补足，使每管的总体积达到 20μl						

*表中所给的量，只是参考数，根据每次实际情况应有所变动。

加样后，小心混匀，置于37℃水浴中，酶解2～3h（有时可以过夜），然后向每个小管中分别加入1/10体积的酶反应终止液，混匀以停止酶反应。各酶解样品于冰箱中储存备用。

2. 琼脂糖凝胶电泳

琼脂糖凝胶电泳参照实验九。

3. 测定 DNA 相对分子质量的标准曲线的制作

标准曲线的制作是在放大的电泳照片上，用卡尺量 λDNA 的 *Eco*R Ⅰ 或 *Hin*d Ⅲ 酶解各片段的迁移距离，以厘米为单位（图22-2）。根据表22-1和表22-2，将 DNA 酶解各片段相对分子质量的对数作为纵坐标，它们的迁移距离为横坐标，在坐标纸上绘制出连结各点的曲线，即为测定 DNA 相对分子质量的标准曲线（图22-3）。根据 DNA 片段的迁移率查标准曲线，可得出 DNA 片段相对分子质量的大小。

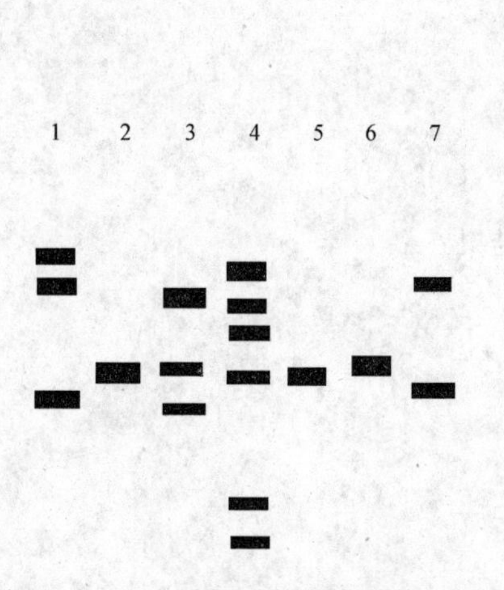

图22-2　DNA 酶解后的电泳图谱示意图

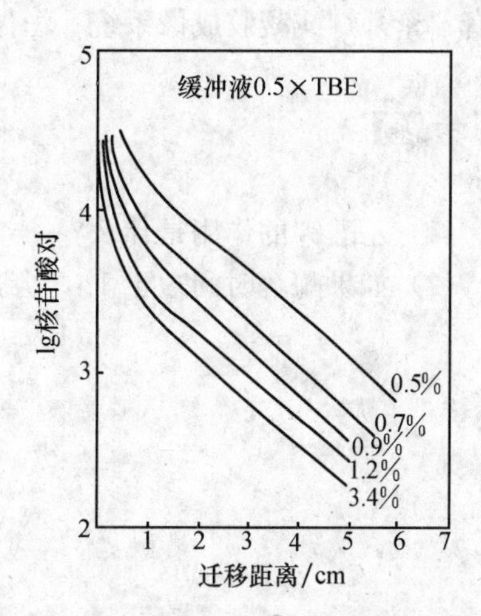

图22-3　迁移距离对核苷酸对的半对数图

【试剂和器材】

1. 试剂

（1）*Eco*R Ⅰ 酶解反应液（10×）：1mol/L pH7.5 Tris-HCl，0.5mol/L NaCl，0.1mol/L $MgCl_2$。

（2）*Hin*d Ⅲ 酶解反应液（10×）：0.1mol/L pH7.4 Tirs-HCl，1mol/L

NaCl，0.07mol/L $MgCl_2$。

(3) 0.5×TBE 缓冲液：称取 Tris 10.88g、硼酸 5.52g 和 EDTA-Na_2 0.72g，用蒸馏水溶解后，定容至 200ml，即配成 89mmol/L Tris，89mmol/L 硼酸，2mmol/L EDTA pH8.3（5×）的缓冲液，简称 TBE 缓冲液（5×）。使用时，用蒸馏水稀释 10 倍，称为 TBE 稀释缓冲液（0.5×TBE）。

(4) 酶反应终止液（10×）：有两种反应终止液可供选择：①0.1mol/L EDTA-Na_2，20%Ficoll 400，适量橙 G；②0.25%溴酚蓝，0.25%二甲苯青 FF（或称二甲苯蓝），40%蔗糖水溶液（*W/V*）（或用 30%甘油水溶液）。

(5) 菲啶溴红染色液：将菲啶溴红（溴化乙锭）溶于蒸馏水或电泳缓冲液使浓度达到 0.5～1mg/ml，避光保存。临用前，用电泳缓冲液稀释 1000 倍。

2. 器材

电泳仪；电泳槽；样品槽模板（梳子）；铁文具夹；水平仪；玻璃板（10cm×16cm）；橡皮膏；玻璃纸；锥形瓶（100ml）；放大机；白糖瓷盘（小号）；乳胶手套；紫外灯或凝胶成像系统；恒温水浴锅；移液器。

【思考题】

(1) 乙酸钾的作用是什么？
(2) 如果酶解时间短于 1h，会是什么结果？

实验二十三　小牛胸腺 DNA 的制备

【实验目的】

(1) 了解 DNA 的存在状态，增加感性认识。

(2) 掌握 DNA 的制备方法以及细胞分级，细胞核制备，细胞膜裂解和解离 DNA-蛋白质复合体（DNP）的技术。

(3) 学习用紫外分光光度计测定 DNA 含量的方法。

【实验原理】

核酸是重要的生物大分子。在细胞核内，核酸通常是与某些组织蛋白质结合成复合物，即以脱氧核糖核蛋白（DNP）和核糖核蛋白（RNP）的形式存在。因此，在提取和制备 DNA 时，首先必须设法将这两类核蛋白分开。

在不同浓度的盐溶液中，RNP 与 DNP 的溶解度有很大的差别。在低浓度的 NaCl 溶液中，DNP 的溶解度随着 NaCl 浓度的增加而逐渐下降。当 NaCl 浓度为 0.14mol/L 时，DNP 的溶解度仅为其在纯水中溶解度的 1%；而当 NaCl 浓度继续增加时，DNP 的溶解度又逐渐增大；当 NaCl 浓度增至 0.5mol/L 时，DNP 的溶解度约与其在纯水中的溶解度近似；当 NaCl 浓度继续增加至 1.0mol/L 时，DNP 的溶解度约为其在纯水中的溶解度的两倍；且随着盐浓度的上升，其溶解度仍继续呈增大的趋势。但 RNP 则与之不同，在 0.14mol/L 的盐溶液中，DNP 溶解度很低，而 RNP 的溶解度却相当大。因此，通常采用 0.14mol/L 的盐溶液来除去 RNP，使 DNP 仍保持在沉淀中，然后使用浓盐溶液（1.7mol/L 浓度以上的 NaCl）来提取 DNP。

提取出 DNA-蛋白质复合体（DNP）后，还必须将其中的蛋白质除去，因此，提取纯化 DNA 要经过以下 4 个步骤：①制备细胞核；②裂解细胞核；③解离 DNA-蛋白质复合体；④从可溶性物质中分离出 DNA。

小牛胸腺、猪脾、鱼精子和植物种子的胚胎等生物材料，细胞核含量比例大，因而含有丰富的 DNA，是提取 DNA 的好材料。本实验以小牛胸腺或猪脾为材料。小牛胸腺不仅 DNA 含量高，而且其脱氧核糖核酸酶（DNase）的活性较低，在制备过程中由此酶所引起的 DNA 降解损失也较小。为了防止 DNase 的作用，在用于提取的缓冲液中均含有 1mmol/L 的 EDTA（乙二胺四乙酸）螯合剂，以除去保持 DNase 活性所必需的 Mg^{2+}。为防止 DNA 变性和降解，操作要尽可能在低温下进行。

本实验通过匀浆、离心得到细胞核组分，然后用 SDS（十二烷基硫酸钠，sodium dodecyl sulfate）裂解核膜，释放出 DNA-蛋白质复合物，再加入高浓度 NaCl，以增加 DNP 的溶解度，然后加入氯仿/异戊醇混合液，振荡，乳化，使蛋白质变性，DNP 复合物解离。离心后，DNA 溶于上层水相，蛋白质沉淀夹在水相和有机相之间得以除去，最后用有机溶剂沉淀出 DNA。

提取纯化后的小牛胸腺 DNA 用紫外分光光度法进行鉴定分析，并计算其收率和纯度。

本实验所得的 DNA 样品将用于实验二十四的 T_m 测定。

【操作步骤】

1. 制备细胞核

（1）取小牛胸腺（或猪脾）在冰块上去除脂肪和结缔组织，切碎，称 10g，放入食品加工机（或匀浆器），加入预冷的试剂 A 溶液 60ml，打碎 3 次，每次 20s，停 20s。将打碎后溶液倒入小烧杯，用高速分散器（或用振荡器）匀浆 3 次，每次 20s，停 20s。

（2）将匀浆后溶液分装于两个 50ml 离心管，仔细平衡后，用高速冷冻离心机，4℃，10 000r/min，离心 10min，弃去上清（脂肪层等）留沉淀。

（3）将沉淀置于小烧杯中，加 50ml 预冷 A 液，用高速分散器（或用振荡器）同样再匀浆分散 3 次，同样 4℃，10 000r/min，离心 10min，弃去上清留沉淀。

（4）取出沉淀加 60ml 预冷 B 液，再高速分散 2 或 3 次，每次分散 10s，停 10s。

2. 裂解细胞核

将悬浮液移入 250ml 烧杯中，在磁力搅拌器上边搅拌边滴入 8ml 20％SDS，应观察到溶液明显变黏稠。用 55℃水浴温热 10～15min，然后在搅拌下缓慢加入 8～10g NaCl，再搅拌 10min，使 NaCl 全溶，此时应观察到溶液变稀。冷却至室温。

3. 解离 DNA-蛋白质复合体

（1）将溶液倒入 250ml 具塞三角瓶中，加入此溶液 1/2 体积的氯仿/异戊醇（氯仿用于变性蛋白质，异戊醇用于消除泡沫，也可用异丙醇、异丁醇），剧烈振荡 10min，倒入 300ml 离心管中，4℃，10 000r/min，离心 5～10min，用滴管取出上层水相，中层蛋白质界面弃去，下层有机相倒入回收瓶。

(2) 取出的上层水相再加氯仿/异戊醇、振荡、离心，至中层界面无混浊为止。

4. 提取 DNA

(1) 将取出的水相滴入预冷的 95％乙醇中，边滴加边用玻璃棒搅拌起白色纤维状 DNA 沉淀。搅拌速度对产率有影响，若产出减少可补加或换新乙醇。

(2) 搅起的 DNA 置于已称重的小培养皿内，依次用 95％乙醇和无水乙醇清洗纤维状 DNA 沉淀至无浑浊为止，最后再用丙酮清洗一次，用吹风机将 DNA 吹干。

(3) 称重，并计算产率。

5. 测定 DNA

(1) 准确称取 50～100mg DNA，加少量 0.1mol/L NaOH 溶解，加蒸馏水定容至 50ml。

(2) 用紫外分光光度计测定制备的 DNA 在 A_{260} 和 A_{280} 的吸光度，并计算比值：A_{260}/A_{280}，纯 DNA 的此比值约为 1.8。

(3) 根据：每毫升 1μg 的纯 DNA 的 A_{260} 为＝0.020，计算所得 DNA 的纯度。

【试剂和仪器】

1. 试剂

(1) A 溶液：0.01mol/L 柠檬酸钠，9mg/ml NaCl，1mmol/L EDTA，pH 7.0，300ml

(2) B 溶液：0.15mol/L 柠檬酸钠，1mmol/L EDTA，pH 7.0，300ml

(3) 20％SDS

(4) 氯仿/异戊醇（24∶1）混合液 500ml

(5) 95％乙醇和无水乙醇

(6) 丙酮

(7) 0.1mol/L NaOH

2. 器材

高速冷冻离心机，50ml 塑料离心管，300ml 塑料离心管；食品加工机和高速分散器（或组织匀浆器）；恒温水浴；磁力搅拌器；量筒：50ml、250ml、

500ml；烧杯：100ml、500ml、1000ml；具塞三角瓶：250ml；小培养皿；吹风机；紫外分光光度计。

【思考题】

（1）细胞核的悬浮液在加入 SDS 溶液后为什么会变稠？而再加入 NaCl 后为什么又变稀？

（2）造成所提取的 DNA 纯度较低的原因有哪些？如何解决？

实验二十四　小牛胸腺 DNA 熔解温度的测量

【实验目的】

（1）了解 DNA 的变性性质及其熔解温度的意义和用途。

（2）掌握测量熔解温度的方法。

【实验原理】

当 DNA 暴露在变性环境（加热，有机溶液等）中时，其紫外吸收曲线就会显著改变。如图 24-1 所示，从 25℃加热至 40℃时，光吸收值变化很小，但是当温度继续上升时，紫外吸收急剧增加，然后趋向一个恒定的 A_{260} 值，这条曲线叫做 DNA 的熔解曲线，曲线中光吸收值增加的中点所对应的温度，定义为熔解温度（T_m）。大多数 DNA 的熔解温度为 80～90℃，光吸收通常增加 40%。DNA 分子中 GC 碱基对的含量越高，其双螺旋结构就越稳定，T_m 也就越高；DNA 样品中的杂质越多，光吸收值的增加也就越小。每种 DNA 分子都有其特有的 T_m，可以用于 DNA 的鉴定与特征分析。

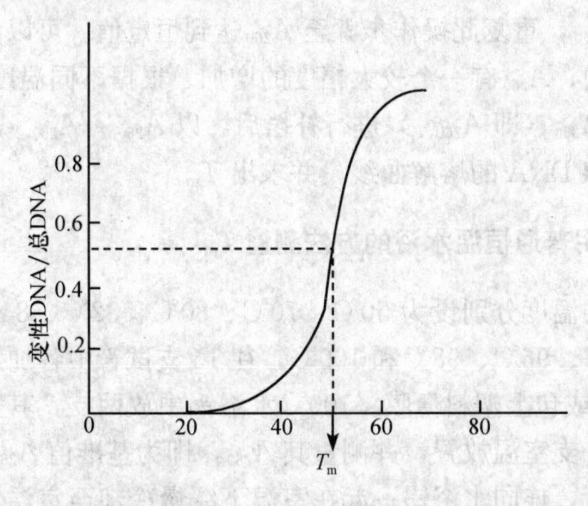

图 24-1　DNA 的 T_m 值

本实验采用热变性的方法测量小牛胸腺 DNA 的熔解温度，有两种方法可供选择。

方法一：需要一台带有超级恒温水浴和恒温样品池架的分光光度计，其温度为25～100℃可调，要使用高沸点溶剂（如乙二醇）作为循环液体。把装有DNA标准溶液的石英比色杯放入分光光度计的恒温样品池架中，按不同的温度间隔升高温度，平衡后，测量其260nm处的紫外吸收值（A_{260}）。要考虑到，在加热过程中，水体积增加会使DNA浓度降低。

方法二：取一支装有DNA溶液的试管，测量其25℃时的A_{260}。然后将几管装有同样DNA溶液的试管在不同温度的恒温水浴中加热。15min后迅速将试管放在冰浴中冷却，然后迅速测量其A_{260}。这种方法的主要缺点是变性DNA冷却后引起DNA双链的部分再结合，所以A_{260}的增加一般只有10%～20%。

【操作步骤】

1. 方法一：用超级恒温水浴测量T_m

打开分光光度计，预热20min，将超级恒温水浴的温度设为25℃，测量起始的光吸收，将装有柠檬酸钠缓冲液的参照比色杯和装有标准DNA溶液的样品比色杯放入分光光度计的样品池架中的相应位置，放置3min，使比色杯内外的温度达到平衡，将此时的参照杯A_{260}调为零，记下此时DNA样品的A_{260}，这个测量要十分小心，因为所有测量值都要与25℃的这个值进行比较。然后，将温度升至50℃，取出比色杯，轻叩杯壁以去除内壁上的气泡。将比色杯放回样品池架，测量后继续加热至80℃，平衡5min后，记下其A_{260}；再升高2℃，平衡5min后记下其A_{260}，重复此操作步骤至A_{260}达到恒定值。可以注意到在一个5～10℃的温度范围内，A_{260}有一个较大幅度的增加。根据不同温度下水的体积变化对不同温度下的A_{260}（即$A_{260,T}$）进行补偿后，以$A_{260,T}/A_{260,25℃}$作纵轴，T作横轴，画出小牛胸腺DNA的熔解曲线，并求出T_m。

2. 方法二：用普通恒温水浴的方法测量T_m

将恒温水浴的温度分别设为50℃、70℃、80℃、82℃、84℃、86℃、88℃、90℃、92℃、94℃、96℃、98℃和100℃，往15支试管中各加入标准DNA溶液3ml，盖上橡皮塞或包上塑料薄膜。100℃水浴锅中放两支，其余12个恒温浴中各放一支。剩下一支室温放置，并测量其A_{260}，即为基准值$A_{260,25℃}$。将100℃水浴锅中的一支试管，连同水浴锅一起在室温下缓慢冷却至室温，放置1h后再测其A_{260}。其余试管均温浴15min后，取出迅速放入冰水中，冷却10min以上，由冰水中取出就立即测量A_{260}，即为各$A_{260,T}$。

紫外分光光度计要提前打开，调好零点，做好准备。用溶解DNA的缓冲液作参比。

测完后，以 $A_{260,T}/A_{260,25℃}$ 为纵轴，T 为横轴作图（去除100℃加热，室温下缓慢冷却的点），求出小牛胸腺DNA的 T_m。（取曲线上直线部分延长线的交点之间的中点求出 T_m。）

【试剂和器材】

1. 试剂

（1）缓冲液：0.015mol/L 柠檬酸钠，0.15mol/L NaCl溶液。

（2）DNA溶液：用实验二十三所得小牛胸腺DNA和缓冲液，配制 A_{260} = 0.4左右的DNA标准溶液。溶解此DNA需较长时间的搅拌。

2. 器材

紫外分光光度计；超级恒温水浴；普通恒温水浴；石英比色杯（带盖）；冰浴桶；试管。

【思考题】

（1）DNA变性后，为什么会产生增色效应？

（2）预测并解释下列条件对天然DNA的 T_m 的影响。

① pH 12的缓冲液。

② 蒸馏水。

③ 50%甲醇。

④ 1%SDS，0.15mol/LNaCl，0.015mol/L 柠檬酸钠（pH7.0）。

（3）根据（G+C)%＝2.4(T_m＝69.3)，计算小牛胸腺DNA的GC碱基对的含量，并解释为什么GC碱基对的含量与 T_m 呈正比关系。

（4）100℃温浴15min后，迅速冷却与缓慢冷却的DNA溶液的 A_{260} 有什么不同？为什么？

实验二十五　植物基因组提取 (CTAB法)

【实验目的】

掌握植物总DNA的抽提方法和基本原理。学习根据不同的植物和实验要求设计和改良植物总DNA抽提方法。

【实验原理】

通常采用机械研磨的方法破碎植物的组织和细胞，由于植物细胞匀浆含有多种酶类（尤其是氧化酶类）会对DNA的抽提产生不利的影响，在抽提缓冲液中需加入抗氧化剂或强还原剂（如巯基乙醇）以降低这些酶类的活性。在液氮中研磨，材料易于破碎，并减少研磨过程中各种酶类的作用。

十二烷基肌酸钠（sodium laurouyl sarcosine，SLS）、十六烷基三甲基溴化铵（hexadecyltrimethyl ammonium bromide，CTAB）、十二烷基硫酸钠（sodium dodecyl sulfate，SDS）等离子型表面活性剂，能溶解细胞膜和核膜蛋白，使核蛋白解聚，从而使DNA得以游离出来。再加入苯酚和氯仿等有机溶剂，能使蛋白质变性，并使抽提液分相，因核酸（DNA、RNA）水溶性很强，经离心后即可从抽提液中除去细胞碎片和大部分蛋白质。上清液中加入无水乙醇使DNA沉淀，沉淀DNA溶于TE溶液中，即得植物总DNA溶液。

【操作步骤】

1. DNA的提取

（1）2% CTAB抽提缓冲液在65℃水浴中预热。

（2）取少量叶片（约1g）置于研钵中，用液氮磨至粉状。

（3）加入700μl 2% CTAB抽提缓冲液，轻轻搅动。

（4）将磨碎液分倒入1.5ml的灭菌离心管中，磨碎液的高度约占管的2/3。

（5）置于65℃的水浴槽或恒温箱中，每隔10min轻轻摇动，40min后取出。

（6）冷却2min后，加入氯仿/异戊醇（24∶1）至满管，剧烈振荡2～3min，使两者混合均匀。

（7）放入离心机中，10 000r/min离心10min，与此同时，将600μl的异丙醇加入另一新的灭菌离心管中。

（8）10 000r/min离心1min后，移液器轻轻地吸取上清液，转入含有异丙醇的离心管内，将离心管慢慢上下摇动30s，使异丙醇与水层充分混合至能见到DNA絮状物。

（9）10 000r/min离心1min后，立即倒掉液体，注意勿将白色DNA沉淀倒出，将离心管倒立于铺开的纸巾上。

（10）60s后，直立离心管，加入720μl的75%乙醇及80μl 5mol/L的乙酸钠，轻轻转动，用手指弹管尖，使沉淀与管底的DNA块状物浮游于液体中。

（11）放置30min，使DNA块状物的不纯物溶解。

（12）10 000r/min离心1min后，倒掉液体，再加入800μl 75%乙醇，将DNA再洗30min。

（13）10 000r/min离心30s后，立即倒掉液体，将离心管倒立于铺开的纸巾上；数分钟后，直立离心管，干燥DNA（自然风干或用风筒吹干）。

（14）加入50μl 0.5×TE（含RNase）缓冲液，使DNA溶解，置于37℃恒温箱约15h，消化RNA。

（15）置于－20℃保存、备用。

2. DNA质量检测

琼脂糖电泳检测，原理和方法见实验九。

【试剂和器材】

1. 试剂

（1）2%CTAB抽提缓冲溶液：CTAB 4g、NaCl 16.364g，先用70ml重蒸馏水溶解，再加入1mol/L Tris-HCl 20ml（pH8.0），0.5mol/L EDTA 8ml，再定容至200ml灭菌，冷却后加入0.2%～1%β-巯基乙醇（400μl）。

（2）氯仿/异戊醇（24∶1）：先加96ml氯仿，再加4ml异戊醇，摇匀。

（3）异丙醇。

（4）75%乙醇。

（5）5mol/L乙酸钠。

（6）0.5×TE（含RNase）缓冲液。

（7）液氮。

（8）琼脂糖凝胶电泳试剂见实验九。

2. 器材

水稻和小麦幼叶、萝卜子叶；研钵；离心机；恒温箱或水浴；移液器；1.5ml 灭菌离心管；灭菌锅；核酸电泳仪和电泳槽；紫外分光光度计；凝胶成像系统。

【注意事项】

（1）叶片磨得越细越好。

（2）移液器的使用应正确。

（3）由于植物细胞中含有大量的 DNA 酶，因此，除在抽提液中加入 EDTA 抑制酶的活性外，第一步的操作应迅速，以免组织解冻，导致细胞裂解，释放出 DNA 酶，使 DNA 降解。

【思考题】

为什么要预热 CTAB 抽提缓冲液？

实验二十六　萝卜过氧化物酶 *rsprx*1 的扩增

【实验目的】

学习并掌握 PCR 扩增技术的原理和基本操作。

【实验原理】

聚合酶链反应（polymerase chain reaction，PCR）是 20 世纪 80 年代发展起来的一种体外酶促扩增特定 DNA 片段的技术。由高温变性、低温复性和适温延伸这 3 步反应组成一个周期，多次循环反应，使目的 DNA 得以迅速扩增。其基本原理是单链 DNA 模板在一小段互补寡聚核苷酸引物的引导下，利用 DNA 聚合酶的酶促反应按 5′→3′方向复制出互补 DNA。PCR 反应的主要步骤是：将待扩增的双链 DNA 片段于高温下变性解链，得到两条单链模板；降温复性使人工合成的寡聚核苷酸引物分别与单链模板 DNA 一侧互补结合；适温条件下，DNA 聚合酶从引物的 3′端开始结合单核苷酸，沿模板 5′→3′方向延伸，形成与模板链互补的新 DNA 链；重复循环反应，使产物 DNA 重复合成。在循环反应过程中，由于每一次循环的产物 DNA 都可作为下一次循环的模板参与 DNA 的合成，使产物 DNA 的量接近 2^n 方式扩增。

常规 PCR 反应的循环数为 25～35，变性温度为 90～95℃，复性温度为 37～65℃，延伸温度为 72℃，DNA 聚合酶为 *Taq* 酶等耐热性酶。*Taq* 酶在 95℃左右的高温下不会失活，DNA 扩增倍数为 10^6～10^9。PCR 能快速、灵敏、特异地扩增目的基因或 DNA 片段，成为分子生物学和基因工程的有效手段，可用于基因的分离、克隆、核苷酸序列分析、基因表达调控的研究、遗传病和传染病的诊断、致病机制的探索和法医鉴定等诸多方面。

【操作步骤】

1. 配制 PCR 的反应体系

按下列顺序，将各种成分加入一无菌的 0.5ml 离心管

10×缓冲液　　　　2.0μl

引物 1	0.8μl
引物 2	0.8μl
2.5mmol/L dNTP	0.4μl
25mmol/L $MgCl_2$	1.6μl
模板 DNA	2.0μl（0.2μg）
Taq DNA 聚合酶	0.2μl

加重蒸去离子水至 20μl（包括 *Taq* 酶体积）。

用手指轻弹离心管底部，混匀溶液，在台式离心机中离心 2s 以集中溶液于管底，加石蜡油 30～50μl 封住溶液表面以免加温过程中液体蒸发而影响反应体积（或使用热盖）。

2. 设置 PCR 反应的过程及条件

预变性	94℃	5min	
变性	94℃	30s	25 个循环
复性	54℃	30s	
延伸	72℃	1min	
最后一次延伸	72℃	7min	
保存	4℃		

取出反应管置于 4℃，做琼脂糖凝胶电泳分析等备用。

【试剂和器材】

1. 试剂

（1）10×缓冲液：一般随 *Taq* 酶提供给用户，如需配制，按如下配方进行：
500mmol/L KCl
100mmol/L Tris-HCl（pH 8.3）
15mmol/L $MgCl_2$
0.01%明胶（*W/V*）
1% Triton X-100

（2）dNTP：10mmol/L dATP，10mmol/L dTTP，10mmol/L dCTP，10mmol/L dGTP。

（3）*Taq* 酶：5 U/μl。

（4）两种引物：用重蒸水配成 10～50μmol，扩增时用量为 1～5μl/100μl 反应体积。

（5）石蜡油。

（6）萝卜过氧化物酶 *rsprx*1 特异引物：

上游引物：5′—ttt tgc tgc ggt tgg tct — 3′

下游引物：5′—cac ctg gag tca cag ggt cg—3′

2. 器材

PCR 扩增仪；0.5ml 离心管；移液枪；枪头；模板 DNA（约 0.1μg/μl）；离心机。

【思考题】

（1）PCR 反应的原理。

（2）影响 PCR 反应的因素有哪些？

实验二十七　酵母 RNA 的提取与组分鉴定

【实验目的】

了解核酸的组成，掌握鉴定核酸组分的方法和操作。

【实验原理】

酵母核糖核酸中 RNA 含量较多，RNA 可溶于碱性溶液，在碱性提取液中加入酸性乙醇可以使从核蛋白中分离出来的核糖核酸沉淀出来，由此即可得到 RNA 的粗制品。核糖核酸含有核糖、嘌呤碱、嘧啶碱和磷酸等组分，加入硫酸煮沸可使其水解，从水解液中可以测出上述组分的存在。

（1）磷酸与定磷试剂作用可以生成蓝色的钼蓝。

（2）核糖与地衣酚试剂反应呈鲜绿色。脱氧核糖与二苯胺试剂反应生成蓝色化合物，而核糖无此反应。

（3）嘌呤碱与硝酸银反应能产生白色的嘌呤银化合物沉淀。

【操作步骤】

将 1g 干酵母或 2g 鲜酵母和少许石英砂加到研钵中，再加入 2ml 0.04mol/L NaOH 溶液，在研钵中充分研磨（此步是实验能否成功的关键）至少 10min，然后将匀浆液转移到大试管中，再用 8ml 0.04mol/L 氢氧化钠溶液分两次洗涤研钵，洗涤液并入匀浆液中。将大试管用试管夹夹好，小心在沸水浴中加热 30min，冷却后倒入离心管，平衡，离心（3000r/min）15min，将上清液小心倒入盛有 10ml 酸性乙醇溶液的小烧杯中，一边搅拌一边缓缓倒入。待核糖核酸沉淀完全后，再平衡、离心（3000r/min）3min，弃去上清液，再用 95％乙醇 5ml 洗涤沉淀、离心（同上）两次即得 RNA 粗制品。如欲得到 RNA 粉末，可再用乙醚将沉淀转移到布氏漏斗中抽滤，沉淀可在空气中干燥。

向沉淀中（本实验可不用乙醚洗涤干燥）加入 6ml 1.5mol/L 硫酸，然后转移到大试管中，在沸水浴中加热至少 10min（加热时间太短则以后的实验就会失败），制成水解液进行下列组分鉴定。

（1）嘌呤碱：加入 1ml 0.1mol/L 硝酸银溶液，再逐滴加入浓氨水至沉淀消失，然后加入 1ml 水解液放置片刻，观察有无白色嘌呤碱的银化合物沉淀。

（2）核糖：取一支试管加入水解液 1ml，三氯化铁浓盐酸溶液 2ml 和地衣酚乙醇溶液 0.2ml，用试管夹夹好后放到沸水浴中 3～5min，注意观察溶液是否变成绿色，说明核糖的存在。

（3）磷酸：取一支试管，加入水解液 1ml 和定磷试剂 1ml 在沸水浴中加热，注意观察溶液颜色的变化，溶液变蓝，说明磷酸存在。

【试剂和器材】

1. 试剂

（1）0.04mol/L NaOH 溶液。

（2）酸性乙醇（将 0.3ml 浓盐酸加入 30ml 乙醇中）。

（3）95％乙醇。

（4）乙醚。

（5）1.5mol/L 硫酸。

（6）浓氨水。

（7）0.1mol/L 硝酸银溶液。

（8）三氯化铁浓盐酸溶液：将 2ml 10％三氯化铁溶液（用 $FeCl_3 \cdot 6H_2O$ 配制）加入到 400ml 浓盐酸中。

（9）地衣酚乙醇溶液 10ml：溶解 6g 地衣酚于 100ml 95％乙醇中（可在冰箱中保存一个月）。

（10）定磷试剂：

1.5mol/L 硫酸　将 17ml 浓硫酸（比重为 1.89）缓慢加入 83ml 蒸馏水中。

2.5％钼酸铵溶液　2.5g 钼酸铵溶于 100ml 蒸馏水中。

10％抗坏血酸溶液　10g 抗坏血酸溶于 100ml 水中，在棕色瓶中保存。溶液呈淡黄色时可用，如呈深黄色或棕色则失效。用前将上述三种溶液与水按如下比例混合：

1.5mol/L 硫酸∶2.5％钼酸铵溶液∶10％抗坏血酸溶液∶蒸馏水＝1∶1∶1∶2（V/V），配好后试剂应呈黄绿色或黄色，如呈棕黄色或深绿色或蓝色应弃去。

（11）石英砂。

2. 器材

研体；离心机和离心管；天平；沸水浴；大试管；三角烧瓶；吸量管；药

勺；滤纸（Φ9cm）；漏斗；试管架及试管；酵母粉或鲜酵母；玻璃棒；烧杯；称量纸。

【思考题】

（1）用酸水解 RNA 的产物是什么？为什么不检查嘧啶碱基？

（2）在提取 RNA 的过程中，为什么在沸水浴上加热 30min？RNA 会被破坏吗？

实验二十八　粗脂肪的定量测定

【实验目的】

学习和掌握粗脂肪提取的原理和测定方法。熟悉和掌握重量分析的基本操作，包括样品的处理、定量转移、烘干、恒重等。

【实验原理】

本法为重量法，用脂肪溶剂将脂肪提出后进行称量。该法适用于固体和液体样品。通常将一定量的样品浸于脂肪溶剂，如乙醚或沸点为30～60℃的石油醚，借助于索氏提取器进行循环抽提。脂肪被浸提后，待乙醚挥发后，将余下的残渣烘干后称重，两次重量之差即为样品中的脂肪含量。用本法提取的脂溶性物质为脂肪类物质的混合物，其中含有脂肪、游离脂肪酸、磷脂、酯、固醇、芳香油、某些色素及有机酸等，称为粗脂肪。用该法测定样品含油量时，通常采用沸点低于60℃的有机溶剂作为脂肪溶剂，此时，样品中结合状态的脂类（主要是脂蛋白）不能直接提取出来，所以该法又称游离脂类定量测定的方法。

【操作步骤】

1. 索氏脂肪提取器的安装

索氏提取器共分三部分（图28-1）：底部为一提取瓶（5），中部为带有虹吸管及连接管的提取管（2），上部为一冷凝管（1）。仪器之各部分均由磨口相连，操作时要小心，以免将仪器损坏。各接口要十分严密，不能漏气，以免有机溶剂逸出。但注意在磨口连接部分不能涂抹凡士林。实验前应先将提取瓶洗净，在105℃烘箱内烘干至恒重，然后将提取器各部分连接好，固定于铁架上，提取瓶底部应浸入水浴锅中（约占其体积1/3），冷凝管也与自来水连接好，全部装置如图28-1所示。

图28-1　索氏提取器

1. 冷凝管 2. 提取管
3. 虹吸管 4. 连接管
5. 提取瓶 6. 样品
7. 石油醚

表 28-1 几种干的植物种籽和种仁中油脂的含量

样品	含油量/%	样品	含油量/%
向日葵种籽	23.5～45.0	大豆种籽	10.0～25.0
向日葵种仁	40.0～67.8	油桐种仁	47.8～68.9
蓖麻种籽	45.1～58.5	玉米种籽	3.0～9.0
蓖麻种仁	50.7～72.0	小麦种籽	1.6～2.6
芝麻种籽	46.2～61.0	大麦种籽	1.7～4.6
油菜种籽	41.1～42.9	水稻种籽	1.3～2.4
花生种仁	40.2～60.7	豌豆种籽	0.7～1.9
核桃种仁	60.0～74.0	棉花种籽	17.2～28.3
菜豆种籽	0.7～3.7	棉花种仁	31.5～44.5

2. 样品的准备

称取样品的重量，根据材料中脂肪的含量而定（参考表 28-1)。通常脂肪含量在 10%以下的，称取样品 10～12g，而脂肪含量为 50%～60%的，则称取样品 2～4g。

将样品在 105℃烘箱中烘去水分，一般烘 4 h，烘干时要严格控制时间和温度，要避免过热。冷却后，准确地称取一定量的样品。

取 15cm×12cm 脱脂滤纸一张，绕成圆筒形，底部褶起而封闭，使其成为长 7cm、直径 3cm 的圆筒形提取滤斗，将称好的样品放入提取滤斗中，上部覆盖一层脱脂棉以防样品溢出。将纸斗放入索氏提取器的提取管内，注意勿使纸斗内样品高于提取管的虹吸部分。

样品若是液体，应将一定体积的样品滴在滤纸上，在 105℃烘箱内烘干后，再装入提取管中提取。

样品颗粒不宜太大，一般要在研钵中研磨破碎。研磨后的研钵，要用脱脂棉擦干净，并将此脱脂棉放入提取纸斗中一并提取。研钵再用少量溶剂洗净，清洗液倒入提取管中。

3. 样品内脂肪的提取

将提取瓶加入石油醚（沸程 30～60℃）达到提取瓶容积的一半。并将提取器中部放有提取纸斗的提取管中加入石油醚约占提取管体积的 1/3（切勿超过虹吸管）以浸湿样品。然后将提取器各部分连接好。将自来水管拧开，使水从冷凝管下口流入，经上口流出。同时将水浴锅加热。实验所用的有机溶剂沸点低，易燃，故加热抽提时，应在电热恒温水浴中进行，也可使用灯泡或电炉加热的水浴锅，但不能用火焰加热的水浴锅，严禁用火焰直接加热索氏提取器。实验时不能离人，当人离开时，要停止加热，并要经常注意水浴温度，勿使水温过高。使提取瓶内的石油醚沸腾（夏天使水温保持在50～60℃，冬天使水温保持在60～70℃）。石油醚沸腾并形成蒸气，实验室门窗要打开，禁止吸烟及其他加热活动，以防止火灾。石油醚蒸气由连接管上升至冷凝器内，遇冷凝结成液体而滴入提取管中，此时样品内的脂肪则逐渐溶于石油醚中。当提取管内石油醚之体积渐渐增加，液面超过虹吸管高度后，溶有脂肪的石油醚经虹吸管流入提取瓶，如此循环抽提，调节水浴温度，使石油醚每小时循环10～20次。提取时间视样品性质而定，一般需14～24h。若需检查样品含有的脂肪是否提取完全，可以用滤纸来粗略地判断。从提取管内吸取少量的石油醚，滴在干净的脱脂滤纸上，待石油醚挥发后，滤纸上不留油脂的斑点则表示已经提取完全。提取完毕后，再将石油醚蒸到提取管内，在石油醚液面达到虹吸管的最高处之前取下提取瓶。

4. 称重和计算

将提取瓶中的石油醚全部蒸干，洗净外壁，置于105℃烘箱中干燥至恒重，再把瓶中脂肪倒出，洗净，烘干至恒重。按下式计算样品的粗脂肪百分含量。

$$粗脂肪(\%)=\frac{提取瓶及瓶中脂肪的重量(g)-提取瓶的重量(g)}{样品重量(g)}\times 100\%$$

【试剂和器材】

1. 试剂

石油醚。

2. 器材

索氏提取器（50～100ml）；干燥器；烧杯；电热恒温水浴；电热鼓风干燥箱；分析天平；提取纸斗（或脱脂滤纸）；脱脂棉；镊子；药勺；铁台；万能夹；双顶丝；橡皮管；铁架子；瓷研钵；样品：芝麻、花生种仁、油菜籽、大豆、大豆粉、向日葵种仁等。

【思考题】

（1）写出四五种良好的脂肪溶剂。

（2）指出几种含脂量较高的食物，包括蔬菜、水果、肉类和谷物等。

（3）索氏提取器磨口连接部分为什么不能涂抹凡士林？

实验二十九 丙二醛的测定

【实验目的】

学习和掌握丙二醛法测定组织中过氧化脂质含量的原理和方法。

【实验原理】

机体通过酶系统与非酶系统产生氧自由基，后者能攻击生物膜中的多不饱和脂肪酸（polyunsaturated fatty acid，PUFA），引发脂质过氧化作用，并因此形成脂质过氧化物，如醛基、酮基、羟基、羰基、氢过氧基或内过氧基，以及新的氧自由基等。脂质过氧化作用不仅把活性氧转化成活性化学剂，即非自由基性的脂类分解产物，而且通过链式或链式支链反应，放大活性氧的作用。因此，初始的一个活性氧能导致很多脂类分解产物的形成，这些分解产物中，一些是无害的，另一些则能引起细胞代谢及功能障碍，甚至死亡。氧自由基不但通过生物膜中多不饱和脂肪酸（PUFA）的过氧化引起细胞损伤，而且还能通过脂质过氧化物的分解产物引起细胞损伤。因而 MDA 的含量常常可以反映机体内脂质过氧化的程度，间接地反映出细胞损伤的程度。

丙二醛（MDA）（图 29-1）是常用的膜脂过氧化指标，在酸性和高温度条件下，可以与硫代巴比妥酸（TBA）反应生成红棕色的三甲川（3,5,5-三甲基噁唑-2,4-二酮），其最大吸收波长在 532nm。但是测定植物组织中 MDA 时受多种物质的干扰，其中最主要的是可溶性糖，糖与 TBA 显色反应产物的最大吸收波长在 450nm，但 532nm 处也有吸收。植物遭受干旱、高温、低温等逆境胁迫时可溶性糖增加，因此测定植物组织中 MDA-TBA 反应物质含量时一定要排除可溶性糖的干扰。

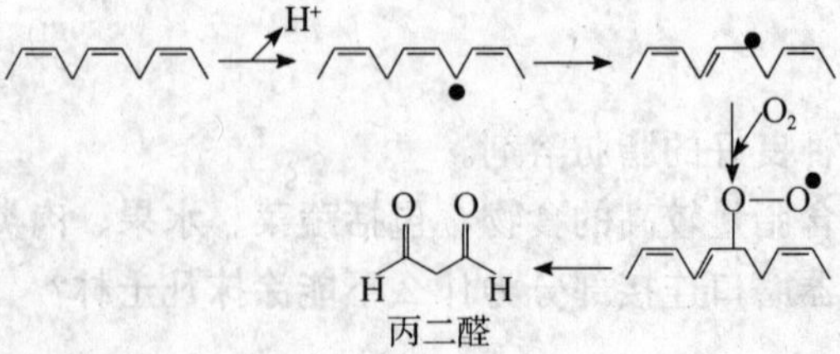

丙二醛

图 29-1

一、植物组织中丙二醛的测定

【操作步骤】

(1) 取小麦叶片 0.5g，洗净、晾干，剪碎置于研钵中，加少量石英砂和 2ml 蒸馏水，研成匀浆，转移到试管中，再用 3ml 蒸馏水分两次洗研钵，合并提取液。

(2) 在提取液中加入 5ml 0.5%硫代巴比妥酸溶液，摇匀。

(3) 用试管夹夹住试管置于沸水中加热 10min（自有小气泡产生后计时），冷却至室温。

(4) 冷却后，离心 15min（3500 r/min），取上清液量其体积 V，以一定量的 0.5%硫代巴比妥酸为空白对照，分别测出其在 450nm、532nm 和 600nm 下的吸光度。

【结果计算】

MDA 的浓度 C（μmol/L）$=6.45\ (A_{532}-A_{600})-0.56\ A_{450}$

过氧化脂质 MDA 含量（μmol/g）$=C\times V\times 10^{-3}/W$

式中，C 表示 MDA 浓度（μmol/L）；V 表示提取液总体积（ml）；W 表示植物组织鲜重（g）。

【试剂和器材】

1. 试剂

(1) 20%三氯乙酸（TCA）；

(2) 0.5%硫代巴比妥酸（TBA）[先加少量的氢氧化钠（1mol/L）溶液，再用 20%的三氯乙酸定容]。

2. 器材

离心机；天平；试管；研钵；容量瓶；恒温水浴锅；752 型紫外光栅分光光度计；小麦叶；吸量管。

二、动物组织中丙二醛的测定

【操作步骤】

取 4 支干净试管，按下表进行操作。

试剂	试管编号			
	标准管	标准空白管	测定管	测定空白管
10 nmol/L 标准品/ml	0.1	—	—	—
无水乙醇/ml	—	0.1	—	—
血清（浆）/ml	—	—	0.1	0.1
试剂 A/ml	0.1	0.1	0.1	0.1
		混匀（摇动试管）		
试剂 B/ml	3.0	3.0	3.0	3.0
试剂 C/ml	1.0	1.0	1.0	—
50%冰醋酸/ml	—	—	—	1.0

加入试剂后，用涡旋混匀器混匀，试管口用保鲜膜扎紧，刺一小孔，95℃水浴40min，取出后流水冷却，然后3500～4000r/min，离心10min。取上清，532nm处，1cm光径，用蒸馏水调零，比色测定各管吸光度值。

【计算】

1. 血清（浆）中MDA含量计算公式：

$$C=\frac{A_2-A_1}{A_4-A_3}\times C_o\times n$$

式中，C为血清（浆）中MDA物质的量浓度（nmol/L）；A_1为测定空白管吸光度；A_2为测定管吸光度；A_3为标准空白管吸光度；A_4为标准管吸光度；C_o为标准应用液物质的量浓度（10nmol/L）；n为样品稀释倍数。

2. 组织中MDA含量计算公式：

$$b=\frac{A_2-A_1}{A_4-A_3}\times\frac{C_o}{C}$$

式中，b为组织中MDA质量摩尔浓度（nmol/mg）A_1为测定空白管吸光度；A_2为测定管吸光度；A_3为标准空白管吸光度；A_4为标准管吸光度；C_o为标准品的浓度（10nmol/L）；C为蛋白质质量浓度（mg/ml）。

【试剂和器材】

1. 试剂

（1）人血清（或其他组织匀浆）。

（2）丙二醛测定试剂盒（购自南京建成生物工程研究所，测试盒冷藏可保存一年以上）。

（3）试剂 A：6ml 液体 1 瓶，室温保存（天冷时会凝固，每次测试前适当加温以加速溶解，直至透明方可使用）。

（4）试剂 B：6ml 液体 1 瓶，用时加 170ml 双蒸水混匀（注意不要碰到皮肤上）。

（5）试剂 C：粉剂 1 支，用时加入到 80～100℃的 30ml 双蒸水中（在溶解过程中可适当加热），充分溶解后用双蒸水补足至 30ml，再加冰醋酸 30ml，混匀，避光冷藏。

（6）标准品：10nmol/L 四乙氧基丙烷 5ml，1 瓶。

（7）50％冰醋酸。

（8）无水乙醇。

2. 器材

752 型紫外光栅分光光度计；离心机（4000 r/min）、离心管；旋涡混合器；试管 1.5mm×15cm；移液器；试管架；恒温水浴锅

【思考题】

（1）如果可溶性糖含量影响 MDA 含量的测定，有什么办法消除其影响？

（2）为什么 MDA 反应液加热时间过长会影响测定结果？

实验三十　发酵过程中无机磷的利用和 ATP 的生成
（ATP 的生物合成）

【实验目的】

了解 ATP 生物合成的意义，掌握无机磷的测定方法，掌握 DEAE-纤维素薄板层析法测定 ATP 的生成。

【实验原理】

糖酵解的过程中，葡萄糖在酶的作用下被分解成丙酮酸的同时，利用无机磷生成 ATP。因此，在酵母发酵过程中，可测得发酵液中的无机磷含量降低和 ATP 含量上升。

【操作步骤】

1. 发酵

将 1g KH_2PO_4 及 5.8g K_2HPO_4 溶于 30ml 蒸馏水。另将 1g 100%AMP（按实际含量折算）溶于少量蒸馏水，倾入上述磷酸钾缓冲液内，用 6mol/L KOH 溶液调至 pH6.5，加热至 37℃。

酵母 50g，用 90ml 蒸馏水稀释，加热至 37℃，倒入上述溶液中，再加 $MgCl_2$ 0.16g 及葡萄糖 5g，再加蒸馏水至 160ml，混匀，立即取样 1.0ml，分别测无机磷及 ATP 含量。此时测得的磷含量称为初磷。薄板层析图谱上只有 AMP 斑点，无 ATP 斑点。

每隔 30min 取样测定，至明显看出无机磷及 AMP 含量下降、ATP 含量上升（约 1.5～2 h）。

2. 发酵液样品处理

将所取的 1.0ml 样液置离心管中，立即加入 2%三氯乙酸溶液 4.6ml，摇匀，离心（3000r/min）10min。上清液用以测定无机磷及 ATP 含量。

3. 无机磷测定

吸取上清液0.3ml置于试管内，加过氯酸溶液8.2ml、阿米酚试剂0.8ml、钼酸铵溶液0.4ml，混匀，10min后比色测定A_{650}。

本实验无需无机磷的绝对量，故不作标准曲线。A_{650}数值下降即表示无机磷下降。一般情况下，当A_{650}下降至比初磷A_{650}小0.2单位时，发酵液中即有较多的ATP。

4. DEAE-纤维素薄板层析法测ATP的形成

（1）DEAE-纤维素的处理：先用蒸馏水洗，抽干后用4倍体积1mol/L NaOH溶液浸泡4h（或搅拌2h），抽干，蒸馏水洗至中性，再用4倍体积1mol/L HCl浸泡2h（或搅拌1h）抽干，蒸馏水洗至pH 4.0备用。

（2）铺板：将处理过的DEAE-纤维素放在烧杯里，加水调成稀糊状，搅匀后立即倒在干净玻璃板上（4cm×15cm），涂成均匀的薄层，放在水平板上，自然干燥或60℃烘干，备用。

（3）点样：在已烘干的薄板一端2cm处用铅笔划一基线，用微量点样管取样液10μl，点在基线上，用冷风吹干。

（4）展层：在烧杯内置pH3.5柠檬酸缓冲液（液体厚度约1cm），把点过样的薄板倾斜插入此烧杯内（点样端在下），溶液由下向上流动，当溶剂前沿到达距离玻璃板上端1cm处（10min左右），取出薄板，用热风吹干，用260nm紫外线照射DEAE-纤维素层观看斑点。DEAE-纤维素经处理可反复使用。

此法具有快速、灵敏的特点。

【试剂和器材】

1. 试剂

（1）2%三氯乙酸溶液：2g三氯乙酸，溶于100ml蒸馏水。

（2）过氯酸溶液：0.8ml过氯酸，加蒸馏水8.4ml。

（3）阿米酚试剂：取阿米酚［amidol，二氯化氢-2,4-二氨基苯酚，分子式：$(NH_2)_2C_6H_3OH \cdot 2HCl$］2g与亚硫酸氢钠（$NaHSO_3$）40g共同研磨，加蒸馏水200ml，过滤储存在棕色瓶内备用。

（4）钼酸铵溶液：20.8g $(NH_4)_6Mo_7O_{24} \cdot 4H_2O$，溶于蒸馏水并稀释至200ml。

（5）6mol/L KOH溶液。

(6) 1mol/L HCl 溶液。

(7) ATP 溶液：称取 ATP 晶体（或粉末）50mg，溶于 5.0ml 蒸馏水，临用时配制。

(8) DEAE-纤维素（层析用）。

(9) 1mol/L NaOH 溶液。

(10) 0.05mol/L pH3.5 柠檬酸钠缓冲液：称取柠檬酸 12.20g，柠檬酸钠 6.70g，溶于蒸馏水，稀释至 2000ml。

2. 器材

水浴锅；量筒 50ml、100ml；吸滤瓶 1000ml；烧杯 200ml；布氏漏斗（Φ20cm）；电子分析天平；玻璃板 4cm×15cm；水平板；尼龙布；水平仪；pH 试纸（pH 1～14）；紫外分析仪；吸管 0.50ml、1.0ml、5.0ml、10.0ml；微量点样管；酿酒酵母：新鲜酿酒酵母悬浮于蒸馏水中，离心，弃去上清液；如此用蒸馏水洗涤酵母数次，最后将洗净的酵母沉淀冷冻保存；AMP 粗制品：用纸电泳法测得 AMP 含量。

【思考题】

(1) 本实验是否要作无机磷的标准曲线?

(2) DEAE-纤维素如长期不用，需如何保存?

实验三十一　维生素 C 的定量测定
(2,6-二氯酚靛酚滴定法)

【实验目的】

掌握 2,6-二氯酚靛酚法测定维生素 C 的原理和方法。

【实验原理】

维生素 C 又称抗坏血酸（ascorbic acid）。1928 年，从牛的肾上腺皮质中提取出的结晶物质，证明对治疗和预防坏血病有特殊功效，因此称为抗坏血酸。

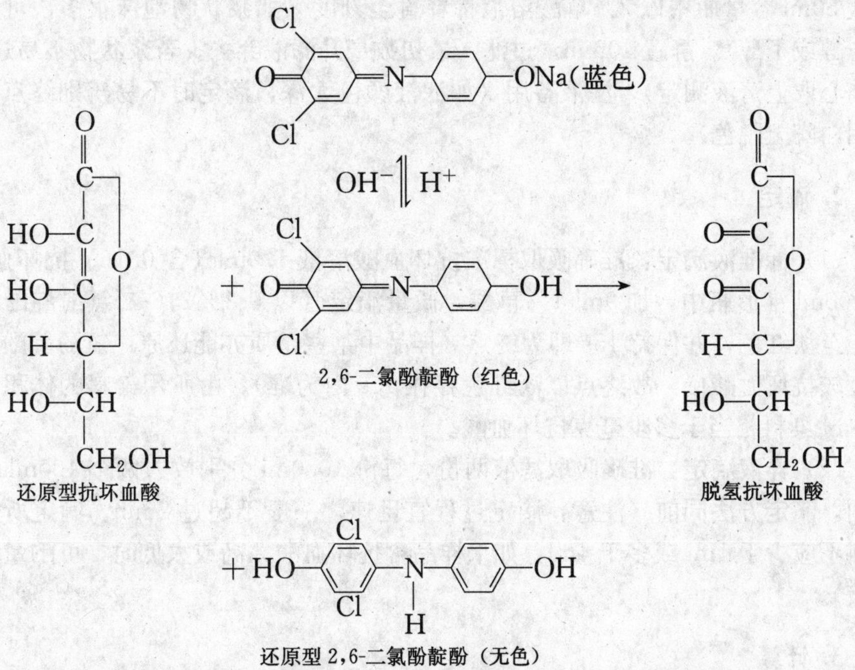

Cl
O═⟨ ⟩═N—⟨ ⟩—ONa(蓝色)
Cl

OH^- ⇌ H^+

还原型抗坏血酸 + 2,6-二氯酚靛酚（红色） ⟶ 脱氢抗坏血酸 + 还原型 2,6-二氯酚靛酚（无色）

还原型抗坏血酸：O═C—C(OH)═C(OH)—CH(H)—HO—CH—CH_2OH（内酯环）

2,6-二氯酚靛酚（红色）：O═⟨(Cl)(Cl)⟩═N—⟨ ⟩—OH

脱氢抗坏血酸：O═C—C(═O)—C(═O)—CH(H)—HO—CH—CH_2OH（内酯环）

还原型 2,6-二氯酚靛酚（无色）：HO—⟨(Cl)(Cl)⟩—N(H)—⟨ ⟩—OH

还原型抗坏血酸能还原染料 2,6-二氯酚靛酚钠盐，本身则氧化成脱氢抗坏血酸。在酸性溶液中，2,6-二氯酚靛酚呈红色，被还原后变为无色。

因此，可用 2,6-二氯酚靛酚滴定样品中的还原型抗坏血酸。当抗坏血酸全部被氧化后，稍多加一些染料，使滴定液呈淡红色，即为终点。如无其他杂质干扰，样品提取液所还原的标准染料量与样品中所含的还原型抗坏血酸量成正比。

【操作步骤】

1. 不同样品用不同方法提取

（1）松针：用水将松针洗净，用滤纸吸去表面水分，称取 1g，放入研钵中，加 1% HCl 溶液 5ml 一起研磨，放置片刻，将提取液转入 50ml 容量瓶中。如此反复 2 或 3 次。最后用 1% HCl 溶液稀释到刻度并混匀，静置 10min，过滤，滤液备用。

（2）新鲜蔬菜和水果类：水洗净，用纱布或吸水纸吸干表面水分。然后称取 20.0g 样品，加 2%草酸 100ml 置组织搅碎机中打成浆状（2%草酸可抑制抗坏血酸氧化酶，1%草酸因浓度太低不能完成上述作用。偏磷酸有同样功效。若样品含有大量 Fe^{2+}，可用 8%乙酸溶液提取，如用偏磷酸或草酸为提取剂，Fe^{2+} 可以还原二氯酚靛酚；如用乙酸则 Fe^{2+} 不会很快与染料起作用）。称取浆状物 5.0g，倒入 50ml 容量瓶中以 2%草酸溶液稀释直至刻度（如浆状物泡沫很多，可加数滴辛醇或丁醇）。静置 10min，过滤（最初数毫升滤液弃去。若浆状物不易过滤，可离心取上清液测定）。滤液备用（如滤液颜色太深，滴定时不易辨别终点，可先用白陶土脱色）。

2. 滴定

（1）标准液滴定：准确吸取标准抗坏血酸溶液 1.0ml（含 0.1mg 抗坏血酸）置 100ml 锥形瓶中，加 9ml 1%草酸，微量滴定管以 0.1%2,6-二氯酚靛酚溶液滴定至淡红色，并保持 15s 即为终点（样品中某些杂质亦能还原二氯酚靛酚，但速度较抗坏血酸慢，故终点以淡红色存在 15s 内为准）。由所用染料的体积计算出 1ml 染料相当于多少毫克抗坏血酸。

（2）样液滴定：准确吸取滤液两份，每份 10.0ml 分别放入两个 100ml 锥形瓶内，滴定方法同前（注意：滴定过程宜迅速，一般不超过 2min。滴定所用的染料不应少于 1ml 或多于 4ml，如果样品含抗坏血酸太高或太低时，可酌量增减样液）。

3. 计算

$$m = \frac{VT}{m_0} \times 100$$

式中，m 为 100g 样品中含抗坏血酸的质量（mg）；V 为滴定时所用去染料体积

(ml)；T 为每毫升染料能氧化抗坏血酸质量数（mg/ml）；m_0 为 10ml 样液相当于含样品的质量数（g）。

【试剂和器材】

1. 试剂

（1）2%草酸溶液：草酸 2g 溶于 100ml 蒸馏水中。

（2）1%草酸溶液：草酸 1g 溶于 100ml 蒸馏水中。

（3）标准抗坏血酸溶液（0.1mg/ml）：准确称取 50.0mg 纯抗坏血酸，溶于 1%草酸溶液，并稀释至 500ml。储于棕色瓶中，冷藏，最好临用时配置。

（4）1%HCl 溶液。

（5）0.1%2,6-二氯酚靛酚溶液：2,6-二氯酚靛酚 50mg 溶于 300ml 含有 104mg $NaHCO_3$ 的热水中，冷却后加水稀释至 500ml，滤去不溶物，储棕色瓶内，冷藏（4℃约可保存一周）。每次临用时，以标准抗坏血酸液标定。

2. 器材

松针、新鲜蔬菜（辣椒、青菜、番茄等）、新鲜水果（橘子、柑子、橙、柚等）；吸管 1.0ml、10.0ml；容量瓶 100ml、500ml；微量滴定管 5ml；电子分析天平；研钵；漏斗（Φ8cm）。

【思考题】

（1）为什么滴定过程宜迅速？

（2）为什么滴定终点以淡红色存在 15s 内为准？

第三部分　设计性实验

实验三十二　蛋白质的沉淀反应和等电点测定

【实验目的和要求】

初步学会实验设计的思路和过程，自已设计实验方案并完成。

通过此次实验了解蛋白质沉淀的因素及等电点测定的原理；掌握蛋白质沉淀反应及等电点测定的方法和操作；并能够区分可逆沉淀和不可逆沉淀作用。

【理论基础】

在水溶液中，蛋白质分子表面结合大量的水分子，形成水化膜，同时蛋白质分子本身带有电荷，与溶液的反离子作用，形成双电层，因而每个蛋白质分子可形成一个稳定的胶粒。整个蛋白质溶液就形成稳定的亲水溶胶体系。与其他溶胶相同，这种稳定性是有条件的，相对的。当某些物理化学因素导致蛋白质分子失去水化膜或失去电荷，甚至变性时，它就丧失了稳定因素，以固态形式从溶液中析出，这就是蛋白质的沉淀作用。根据沉淀作用的结果，可将蛋白质的沉淀作用分为两类。

（1）可逆沉淀作用：在发生沉淀作用时，虽然蛋白质已经沉淀析出，然而其分子内部结构并没有发生明显的改变，仍保持原有的结构和性质。如除去沉淀因素，蛋白质可重新溶解在原来的溶剂中。因此，这种沉淀作用称为可逆沉淀作用。

（2）不可逆沉淀作用：一些物理化学因素往往会导致蛋白质分子结构，尤其是空间结构的破坏，因而失去其原来的性质，这种蛋白质沉淀不能再溶解于原来的溶剂中。

蛋白质由许多氨基酸组成，虽然绝大多数的氨基与羧基形成肽键组合，但是总有一定数量自由的氨基与羧基等酸碱基团，因此蛋白质也是两性电解质。在不同的 pH 水溶液中解离，所带正、负电荷不同。调节溶液的酸碱度达到一定的氢离子浓度时，蛋白质分子所带的正电荷和负电荷相等，以兼性离子状态出现，这时溶液的 pH，称为该蛋白质的等电点（pI）。在等电点时其溶解度最低，形成的沉淀最多。

【所提供的实验器材和试剂】

1. 试剂

（1）0.4%酪蛋白乙酸钠溶液。
（2）乙酸。
（3）鸡蛋清的水溶液。
（4）饱和硫酸铵溶液。
（5）硫酸铵粉末。
（6）1%乙酸铅溶液。
（7）1%硫酸铜溶液。
（8）10%三氯乙酸溶液。
（9）0.5%磺基水杨酸溶液。
（10）5%鞣酸溶液。
（11）饱和苦味酸溶液。
（12）晶体氯化钠。
（13）95%乙醇。
（14）0.01%溴甲酚绿指示剂。
（15）0.02mol/L 盐酸溶液。
（16）0.02mol/L 氢氧化钠溶液。

2. 器材

试管；试管架；刻度吸管；吸耳球；胶头滴管。

【研究方案】

1. 沉淀反应

2. 等电点测定

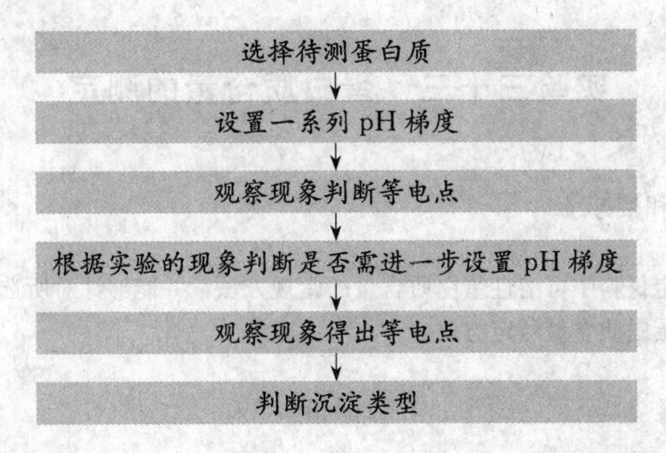

【实验建议】

(1) 为了较准确地测定出蛋白质的等电点可设计两步实验：第一步可设计出跨度大，梯度大的 pH；第二步在浑浊度大的 pH 附近再设置梯度较小的 pH 梯度来较准确地测定出该蛋白质的等电点。

(2) 每步沉淀反应都设计相应的方案判断是否可逆，能正确区分可逆沉淀和不可逆沉淀作用以及沉淀与变性之间的关系。

(3) 实验结束后可根据实验的现象和结果，提出超出本实验所提供器材和试剂的实验方案，并推测预期的结果，从而加深对本实验的理解。

【思考题】

(1) 维持蛋白质胶体稳定性的因素是什么？

(2) 实验中判断等电点的标准是什么？

实验三十三　蛋白质含量的测定

【实验目的和要求】

掌握测定材料中可溶性蛋白质含量的常规方法，并能够针对所选材料的不同选择合适的蛋白质含量测定方法。

【理论基础】

考马斯亮蓝法见实验四。

紫外分光光度法见实验五。

凯氏定氮法见实验十六。

双缩脲法是指在碱性条件下，双缩脲与二价铜离子作用，生成紫红色配合物的反应。在肽和蛋白质分子中具有肽键，其结构与双缩脲类似，也能发生此反应，生成蓝紫色或紫红色的配合物，产生颜色的深浅与蛋白质的浓度成正比，而与蛋白质相对分子质量及氨基酸成分无关，该反应常用于蛋白质的定性或定量测定。

Folin-酚试剂法（LOWRY 法）是双缩脲方法的发展。此法的显色原理与双缩脲法相同，只是加入了第二种试剂，即 Folin-酚试剂，以增加显色量，从而提高检测蛋白质的灵敏度。蛋白质在碱性溶液中其肽键与 Cu^{2+} 螯合，形成蛋白质-铜复合物，此复合物使酚试剂的磷钼酸还原，产生蓝色化合物（钼蓝和钨蓝的混合物）。在一定条件下，利用蓝色深浅与蛋白质浓度的线性关系作标准曲线并测定样品中蛋白质的浓度。

【所提供的实验器材和试剂】

1. 试剂

（1）考马斯亮蓝法、紫外分光光度法、凯氏定氮法实验试剂见实验四、五和十六。

（2）Folin-酚试剂试剂甲：

（A）10g Na_2CO_3，2g NaOH 和 0.25g 酒石酸钾钠（$KNaC_4H_4O_6 \cdot 4H_2O$）

溶解于 500ml 蒸馏水中。

(B) 0.5g 硫酸铜（$CuSO_4 \cdot 5H_2O$）溶解于 100ml 蒸馏水中，每次使用前将 50 份（A）与 1 份（B）混合，即为试剂甲。

(3) Folin-酚试剂试剂乙：在 2L 磨口回流瓶中，加入 100g 钨酸钠（$Na_2WO_4 \cdot 2H_2O$），25g 钼酸钠（$Na_2MoO_4 \cdot 2H_2O$）及 700ml 蒸馏水，再加 50ml 85%磷酸，100ml 浓盐酸，充分混合，接上回流管，以小火回流 10h，回流结束时，加入 150g 硫酸锂（Li_2SO_4），50ml 蒸馏水及数滴液体溴，开口继续沸腾 15min，以便驱除过量的溴。冷却后溶液呈黄色（如仍呈绿色，须再重复滴加液体溴的步骤）。稀释至 1L，过滤，滤液置于棕色试剂瓶中保存。使用时用标准 NaOH 溶液滴定，酚酞作指示剂，然后适当稀释，约加蒸馏水 1 倍，使最终的酸浓度为 1mol/L 左右。

(4) 尿素粉末。

(5) 1%硫酸铜溶液。

(6) 10%NaOH 溶液和 20%NaOH 溶液。

(7) 标准蛋白质溶液：精确称取结晶牛血清蛋白或 γ-球蛋白，溶于蒸馏水，浓度为 250μg/ml 左右。牛血清清蛋白溶于水若混浊，可改用 0.9% NaCl 溶液。

2. 器材

可见光分光光度计；涡旋混合器；刻度吸管；试管；考马斯亮蓝法、紫外分光光度法、凯氏定氮法实验试剂与器材见实验四、五和十六；测定蛋白质含量的材料实验室随机准备。

【研究方案】

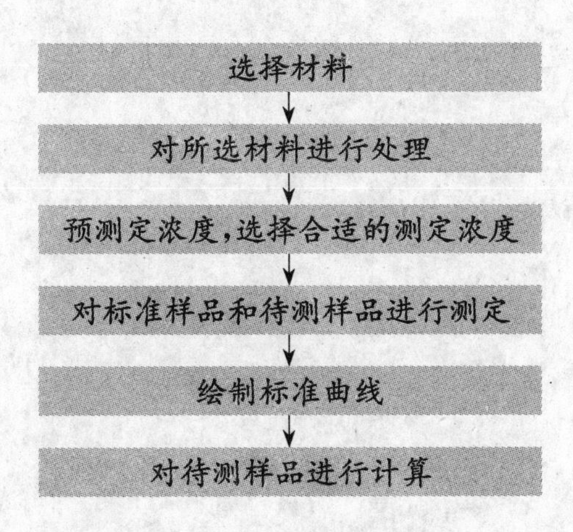

【实验建议】

(1) 复杂的试剂可由老师事先配制。

(2) 不论采取何种方法均需采取合适的标准溶液的浓度。

(3) 绘制标准曲线时应设置重复。

(4) 测定标准管的吸光度可从低浓度向高浓度方向测定，以减少误差。

(5) 需选择适当的待测样品浓度，使其能够在标准曲线的范围内。

【思考题】

(1) 比较不同蛋白质含量测定方法的优缺点。

(2) 固体物质的蛋白质含量测定时应注意什么？

实验三十四　目的基因的扩增与鉴定

【实验目的和要求】

（1）了解目的基因的扩增方法、原理及鉴定方法。

（2）能够正确掌握 DNA 的提取、扩增、鉴定等操作技巧。

（3）学生自行设计引物和 PCR 反应体系的条件，并完成实验。

【理论基础】

模板（靶基因）核酸的量与纯化程度，是 PCR 成败与否的关键环节之一。DNA 的提取方法有很多种，传统的 DNA 纯化方法通常采用 SDS 和蛋白酶 K 消化处理标本，本实验可以根据所选材料的不同选择相应的 DNA 的提取方法。

聚合酶链反应（polymerase chain reaction，PCR）是 20 世纪 80 年代中期发展起来的体外核酸扩增技术。它具有特异、敏感、产率高、快速、简便、重复性好、易自动化等突出优点；能在一个试管内将所要研究的目的基因或某一 DNA 片段于数小时内扩增至十万乃至百万倍，使肉眼能直接观察和判断。PCR 技术的基本原理类似于 DNA 的天然复制过程，其特异性依赖于与靶序列两端互补的寡核苷酸引物。PCR 由变性-复性-延伸三个基本反应步骤构成。PCR 反应五要素是引物、酶、dNTP、模板和 Mg^{2+}。本实验要求上网搜索目的基因的序列，设计出合适的引物，选择合适的 PCR 体系对目的基因进行扩增。

PCR 产物是否为特异性扩增，其结果是否准确可靠，必须对其进行严格的分析与鉴定，才能得出正确的结论。PCR 产物的分析，可依据研究对象和目的的不同而采用不同的分析方法。一般有琼脂糖凝胶电泳、聚丙烯酰胺凝胶电泳、酶切分析及分子杂交等方法，本实验可根据具体情况选择合适的方法进行鉴定。

【所提供的实验器材和试剂】

1. 试剂

（1）裂解缓冲液。

(2) 苯酚/氯仿溶液。

(3) 氯仿/异戊醇溶液。

(4) 冰无水乙醇及 70% 乙醇。

(5) TE 缓冲液。

(6) 5mol/L NaCl 溶液。

(7) 10×扩增缓冲液。

(8) 4 种 dNTP 混合物。

(9) *Taq* DNA 聚合酶。

(10) $MgCl_2$。

2. 器材

紫外分光光度计；涡旋混合器；PCR 仪；电泳仪、电泳槽；水浴锅；小麦或水稻叶片、萝卜子叶或嫩叶。

【研究方案】

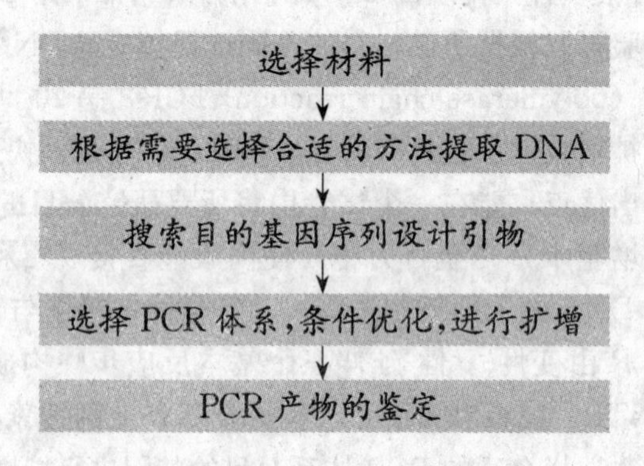

【实验建议】

1. 设计引物应遵循以下原则

(1) 引物长度：15～30bp，常用为 20bp 左右。

(2) 引物扩增跨度：以 200～500bp 为宜，特定条件下可扩增长至 10kb 的片段。

(3) 引物碱基：G+C 含量以 40%～60%为宜，G+C 太少扩增效果不佳，G+C 过多易出现非特异条带。ATGC 最好随机分布，避免 5 个以上的嘌呤或嘧啶核苷酸的成串排列。

(4) 避免引物内部出现二级结构，避免两条引物间互补，特别是3′端的互补，否则会形成引物二聚体，产生非特异的扩增条带。

(5) 引物3′端的碱基，特别是最末及倒数第二个碱基，应严格要求配对，以避免因末端碱基不配对而导致PCR失败。

(6) 引物中有或能加上合适的酶切位点，被扩增的靶序列最好有适宜的酶切位点，这对酶切分析或分子克隆很有好处。

(7) 引物的特异性：引物应与核酸序列数据库的其他序列无明显同源性。

2. 引物量

每条引物的浓度0.1～1μmol或10～100pmol，以最低引物量产生所需要的结果为好，引物浓度偏高会引起错配和非特异性扩增，且可增加引物之间形成二聚体的机会。

3. 酶及其浓度

目前有两种*Taq* DNA聚合酶供应，一种是从栖热水生杆菌中提纯的天然酶，另一种为大肠杆菌合成的基因工程酶。催化一典型的PCR反应约需酶量2.5U（指总反应体积为100μl时），浓度过高可引起非特异性扩增，浓度过低则合成产物量减少。

4. dNTP的质量与浓度

dNTP的质量与浓度和PCR扩增效率有密切关系，dNTP粉呈颗粒状，如保存不当易变性失去生物学活性。dNTP溶液呈酸性，使用时应配成高浓度后，以1mol/L NaOH溶液或1mol/L Tris-HCl的缓冲液将其pH调节到7.0～7.5，小量分装，－20℃冰冻保存。多次冻融会使dNTP降解。在PCR反应中，dNTP应为50～200μmol/L，尤其是注意4种dNTP的浓度要相等（等摩尔配制），如其中任何一种浓度不同于其他几种时（偏高或偏低），就会引起错配。浓度过低又会降低PCR产物的产量。dNTP能与Mg^{2+}结合，使游离的Mg^{2+}浓度降低。

5. Mg^{2+}浓度

Mg^{2+}对PCR扩增的特异性和产量有显著的影响，在一般的PCR反应中，各种dNTP浓度为200μmol/L时，Mg^{2+}浓度为1.5～2.0mmol/L为宜。Mg^{2+}浓度过高，反应特异性降低，出现非特异扩增，浓度过低会降低*Taq* DNA聚合酶的活性，使反应产物减少。

6. 温度与时间的设置

基于PCR原理三步骤而设置变性-复性-延伸三个温度点。在标准反应中采用三温度点法，双链DNA在90～95℃变性，再迅速冷却至40～60℃，引物复性并结合到靶序列上，然后快速升温至70～75℃，在*Taq* DNA聚合酶的作用下，使引物链沿模板延伸。对于较短靶基因（长度为100～300bp时）可采用二温度点法，除变性温度外、复性与延伸温度可合二为一，一般采用94℃变性，65℃左右复性与延伸（此温度*Taq* DNA酶仍有较高的催化活性）。

7. 循环次数

循环次数决定PCR扩增程度。PCR循环次数主要取决于模板DNA的浓度。一般的循环次数选在25～40次之间，循环次数越多，非特异性产物的量亦随之增多。

【思考题】

（1）以PCR为基本方法的实验方法有哪些?
（2）PCR产物鉴定方法有哪些?

实验三十五　影响肝糖原含量的因素

【实验目的和要求】

在肝糖原提取和定性的实验的基础上设计实验，了解肝糖原含量的影响因素。

通过此次实验更进一步的了解肝糖原的性质及其代谢，掌握肝糖原的提取及定量测定的方法。

【理论基础】

肝糖原是糖在机体内的重要储存形式之一，储存量虽不多，但在代谢过程中它是机体内糖的重要来源之一。其合成或分解，对血糖浓度的调节起着重要的作用。

肝脏是哺乳动物调节血糖浓度最重要的器官。对血糖浓度的变化很敏感。当饱食或饥饿时，为了保持恒定的血糖水平，肝糖原含量会发生相应的变化；同时血糖浓度的恒定也受激素信号的调节控制。通过一系列酶促机制，调节血糖，影响肝糖原的含量。

蒽酮比色法是一个快速而简便的定糖方法，糖在硫酸的作用下生成糠醛，糠醛再与蒽酮作用，形成一种绿色的络合物，反应后溶液呈蓝绿色，在620nm处有最大吸收值，可与同法处理的葡萄糖标准液比色进行肝糖原含量的测定。

【所提供的实验器材和试剂】

1. 试剂

（1）洁净石英砂。

（2）10%三氯乙酸溶液。

（3）5%三氯乙酸溶液。

（4）95%乙醇。

（5）蒽酮试剂：取2g蒽酮溶解到80% H_2SO_4 中，以80% H_2SO_4 定容到

1000ml，当日配制使用。

(6) 标准葡萄糖溶液（0.1mg/ml）：100mg 葡萄糖溶解到蒸馏水中，定容到1000ml 备用。

2. 器材

研钵；滤纸；电炉或沸水浴；离心机和离心管；分光光度计；小试管和试管架；广泛 pH 试纸；天平；药勺等；小哺乳动物（兔、大鼠、小鼠等）的新鲜肝组织。

【研究方案】

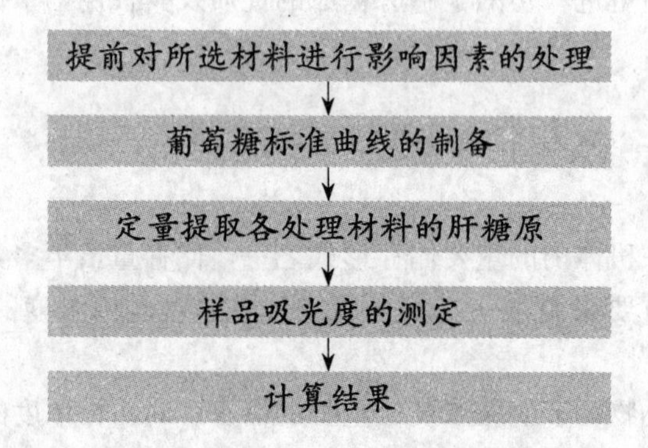

【实验建议】

(1) 该显色反应非常灵敏，溶液中切勿混入纸屑及尘埃。

(2) 硫酸溶液要用高纯度的。

(3) 不同的糖类与蒽酮的颜色反应有差异，稳定性也不相同。加热、比色时间应严格控制。

【思考题】

(1) 影响肝糖原含量的因素有哪些？

(2) 测定糖含量的方法有哪些？

附　　录

附录A　实验室规则

（1）每个同学都应该自觉地遵守课堂纪律，维护课堂秩序，不迟到，不早退，保持室内安静，不大声谈笑。注意环境卫生，严禁随地吐痰，要讲文明，懂礼貌。

（2）在实验过程中要听从教师的指导，严肃认真地按操作规程进行实验，并简要、准确地将实验结果和数据记录下来。完成实验后经教师检查同意，方可离开。课后按要求写出实验报告，由课代表收交给教师。

（3）环境和仪器的清洁整齐是做好实验的重要前提。实验台面、试剂药品架上必须保持整洁，仪器药品要井然有序。公用试剂用毕应立即盖严放回原处。勿使试剂药品洒在实验台面和地上。实验完毕，需将药品试剂排列整齐，玻璃器皿要洗净倒置放好，将实验台面擦拭干净，经教师验收后，方可离开实验室。

（4）使用仪器、药品、试剂和各种物品必须注意节约，不要使用过量的药品和试剂。应特别注意保持药品和试剂的纯净，严防混杂。不要将滤纸和称量纸做其他用途。使用和洗涤仪器时，应小心仔细，防止损坏仪器。使用贵重精密仪器时，应严格遵守操作规程，发现故障立即报告教师，不要自己动手检修。要爱护国家财产，厉行节约。

（5）注意安全。实验室内严禁吸烟！乙醇、丙酮、乙醚等易燃品不能直接加热，并要远离火源操作和放置。实验完毕，应立即关好水龙头，拉下电闸，各种玻璃器皿应放置稳妥。离开实验室前应认真负责地进行检查，严防不安全事故。

（6）无毒的和对环境无严重污染的废弃液体（强酸强碱溶液必须先用水稀释）可倒入水槽内，同时放水冲走。废纸、火柴头及其他固体废物和带有渣滓沉淀的废液倒入废品缸内，不能倒入水槽或到处乱扔。对环境有严重污染的和有毒的废弃物应统一放置进行特殊处理。

（7）仪器损坏时，应如实向教师报告，认真填写损坏仪器登记表，然后补领。

（8）实验室内一切物品，未经本室负责教师批准严禁携出室外，借物必须办理登记手续。

（9）每次实验课由班长安排同学轮流值日，值日生要负责当天实验的卫生、安全和一些服务性的工作，每次实验完毕，必须拖地，实验中或实验后准备蒸馏水。

(10) 对实验的内容和安排不合理的地方可提出改进意见。对实验中出现的一切反常现象应进行讨论，并大胆提出自己的看法，做到生动、活泼、主动地学习。

附录B　实验记录及实验报告

(一) 实验记录

实验课前应认真预习，将实验名称、实验目的、实验原理、实验内容、操作方法和步骤等简单扼要地写在记录本中。

实验记录本应标上页数，不要撕去任何一页，更不要擦抹及涂改，写错时可以准确地划去重写。记录时必须使用钢笔或圆珠笔。

实验中观察到的现象、结果和数据，应该及时地记在记录本上，绝对不可以用单片纸做记录或草稿。原始记录必须准确、简练、详尽、清楚。从实验课开始就应养成这种良好的习惯。

记录时，应做到正确记录实验结果、切忌夹杂主观因素，这是十分重要的。在实验条件下观察到的现象，应如实地记录下来。在定量实验中观测的数据，如称量物的重量、滴定管的读数、光电比色计或分光光度计的读数等，都应设计一定表格准确记下正确的读数，并根据仪器的精确度记录有效数字。例如，光吸收值为0.050不应写成0.05。每一个结果最少要重复观测两次以上，当符合实验要求并确知仪器工作正常后再写在记录本上。实验记录上的每一个数字，都是反映每一次的测量结果，所以，重复观测时，即使数据完全相同也应如实记录下来。数据的计算也应该写在记录本上。总之，实验的每个结果都应正确无遗漏地做好记录。

实验中使用仪器的类型、编号以及试剂的规格、化学式、相对分子质量、准确的浓度等，都应记录清楚，以便总结实验时进行核对和作为查找成败原因的参考依据。如果发现记录的结果有疑问、遗漏、丢失等，都必须重做实验。因为，将不可靠的结果当作正确的记录，在实际工作中可能造成难于估量的损失。所以，在学习期间就应一丝不苟，努力培养严谨的科学作风。

(二) 实验报告

实验结束后，应及时整理和总结实验结果，写出实验报告。

写实验报告时，应把课程和实验名称、姓名、日期和页数写在实验报告上。课程完成后，还可编一个目录，可以用不同的方式写实验报告。下列各标题是在大多数生物化学研究论文中所使用的。在一些实验中也可以把两部分合并为一个标题，如“方法和结果”或“结果与讨论”，将依不同的研究内容而定。

1. 目的和引言

所有的实验都有一个题目，它应该写在实验报告的顶端、与日期并列在一起。实验目的应该简洁而明确，一目了然。学生应明确实验的目的，如能对在实验中试图证明的内容有一个粗略的描述就更好。

引言部分要对实验提出问题，如有什么疑问和不解等，以便在实验过程中认真观察思考，或询问，从而解决问题。

2. 材料和仪器

应列出所用的试剂和装置，特殊的仪器要有合适的图解，说明化学试剂时要避免用未被普遍接受的商品名或俗名。

3. 原理和方法

对实验原理要充分理解，并简要、准确地记录。对实验方法和过程，要描述按操作顺序进行的实际做法，不能照抄实验书或实验讲义。实验描述要简洁，但要写得明白，以便他人能够重复。

4. 结果

常希望能重复以前的某些实验结果，或此次的结果能在今后再现。因此应记录实际观察到的实验现象而不是照抄实验书所列应观察到的实验结果。应记录实验现象的所有细节。如只报告在一个特殊实验中生成一种黄色沉淀是不够的，沉淀的真实颜色是什么，亮黄、橘黄或其他？沉淀是多？是少？是絮状还是颗粒状？什么时候形成沉淀，立即生成、缓慢生成、加热时生成还是冷却时生成？所有这些似乎都是显而易见的，但常常被忽视。报告在实验中的真实发现对学生将是非常重要的科学研究训练。在科学研究中仔细观察，特别注意未预期的实验现象是十分重要的，这些观察常常引起意外的发现，而且为了重复工作也需要准确的实验报告。

在实验报告中只写“处死大鼠并取肝”是十分不合适的，必须给出鼠的品种、性别、年龄和体重。鼠是饥饿的还是饱食的？……它是否用某种方式处理过？是如何处死它的？在评价实验结果时，上述各种因素可能十分重要，因此必须记录。

5. 讨论和结论

讨论不应是实验结果的重述，而是以结果为基础的逻辑推论。常常在引言部分对实验提出问题，然后看在讨论中能对此问题回答到什么程度。

应有一简短而中肯的结论。

（三）表格和图解

1. 表格

最好用图表的形式概括实验的结果，根据所记录数据的性质确定用图还是用表。表格应该连续标号并有明确的标题，有时还需要紧接在标题下面有一详细的说明。在每一纵行数据结果的顶端注明所使用的单位而不要在表格的每一行中都重复地书写数据的单位。表格中的数据应有合适的位数。可适当调整数据的单位做到此点。例如，浓度 0.0072mol/L，最好在浓度（mmol/L）的栏下表示为 7.2 或在 10^{-4}×浓度（mol/L）的栏下表示为 72。

2. 图解

常常在实验报告中画上专门仪器的粗略草图。此外，用图线表示层析或电泳的结果或用流程图表示纯化的步骤也比冗长的描述更清楚。一般说，当所观察记录的数据较多时用图线比用表格好。从图中吸取结果也比从表中来得容易。而且观察各点是否能画成一个光滑的曲线还能给出实验中偶然误差的某些概念。此外，图能清楚地指出测量的中断而从数字表格中则不容易看出来。

3. 直线图

如 y 和 x 的关系和下列方程式类似：

$$y = mx + c$$

那么，以 y 对 x 作图就得到一条直线。直线的斜率是 m，它与 y 轴相交于 c（附图 1）。

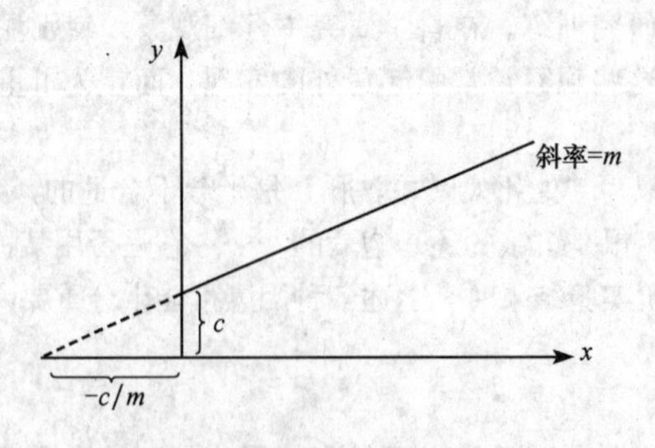

附图 1　直线图（$y=mx+c$）

在许多情况下，y 和 x 并不是线性关系，但对数据进行某种处理，仍可得到一条直线。本书有这样处理数据以获得直线的例子，如 Beer-Lambert 定律和酶动力学。

4. 怎样画图

在许多实验中，都有一个量，如浓度、pH 或温度在系统地变化着，要测量的是此量对另一量的影响。已知量叫做自变量，未知量或待测量叫做应变量。画图时，习惯把自变量画在横轴（x 轴）上而把应变量画在纵轴（y 轴）上。下面举一些作图的提示。

（1）为了清楚起见，调整标度使斜度在 45°范围内。

（2）图应有明确简洁的标题。清楚地标明两个轴的计算单位。

（3）要用简单数字表明轴上的标度（如使用 10mmol/L 就比 0.01mol/L 或 10 000μmol/L 要好）。

（4）欲表示实验中所测定点的位置就用清楚设计的符号（○、●、□、■、△、▲）而不用×、＋或一个小数点表示。

（5）尽可能使各点间的距离相等，不要使各点挤在一起或让他们之间的距离太大。

（6）根据实验的不同用光滑的连续的曲线或直线连接各点。

（7）符号的大小应能指示各值的可能误差，而且，由于自变量常常知道得很准确，有时也可以把结果表示为垂直的线或棒，其长度依赖于应变量的差异。

附录 C　实验室基本操作和实验室常识

（一）玻璃仪器的清洗

实验中所使用的玻璃仪器清洁与否，直接影响实验结果，往往由于仪器的不清洁或被污染而造成较大的实验误差，甚至会出现相反的实验结果。因此，玻璃仪器的洗涤清洁工作是非常重要的。

1. 初用玻璃仪器的清洗

新购买的玻璃仪器表面常附着游离的碱性物质，可先用洗衣粉（或去污粉）洗刷再用自来水洗净，然后浸泡在 1%～2%盐酸溶液中过夜（不少于 4 h），再用自来水冲洗，最后用蒸馏水冲洗 2 或 3 次，在 100～130℃烘箱烤干备用。

2. 使用过的玻璃仪器的清洗

（1）一般玻璃仪器：如试管、烧杯、锥形瓶等（包括量筒），先用自来水洗刷至无污物，再选用大小合适的毛刷蘸取洗衣粉（或去污粉）或浸入洗衣粉水内洗刷。将器皿内外（特别是内壁）细心刷洗，用自来水冲洗干净后，蒸馏水冲洗2或3次，烘干或倒置在清洁处，干后备用。凡洗净的玻璃器皿，不应在器壁上带有水珠，否则表示尚未洗干净，应再按上述方法重新洗涤。若发现内壁有难以去掉的污迹，应分别试用下述各种洗涤剂予以清除，再重新冲洗。

（2）量器：如吸量管、滴定管、量瓶等。使用后应立即浸泡于凉水中，勿使物质干涸。工作完毕后用自来水冲洗，以除去附着的试剂、蛋白质等物质，凉干后浸泡在铬酸洗液中4～6h（或过夜），再用自来水充分冲洗，最后用蒸馏水冲洗2～4次，风干备用。

（3）其他：具有传染性样品的容器，如病毒、传染病患者的血清等沾污过的容器，应先进行高压（或其他方法）消毒后再进行清洗。盛过各种毒品，特别是剧毒药品和放射性同位素物质的容器，必须经过专门处理，确知没有残余毒物存在方可进行清洗。

3. 洗涤液的种类和配制方法

（1）铬酸洗液（重铬酸钾-硫酸洗液，或简称为洗液）广泛应用于玻璃仪器的洗涤。常用的配制方法有下述几种：①取100ml工业浓硫酸置于烧杯内，小心加热，然后小心慢慢加入5g重铬酸钾粉末，边加边搅拌待全部溶解后冷却，储于具有玻璃塞的细口瓶内。②称取5g重铬酸钾粉末置于250ml烧杯中，加水5ml，尽量使其溶液。慢慢加入浓硫酸100ml，随加随搅拌。冷却后储存备用。③称取80g重铬酸钾，溶于1000ml自来水中，慢慢加入工业硫酸100ml（边加边用玻璃棒搅动）。④称取200g重铬酸钾，溶于500ml自来水中，慢慢加入工业硫酸500ml（边加边搅拌）。

（2）浓盐酸（工业用）：可洗去水垢或某些无机盐沉淀。

（3）5%草酸溶液：用数滴硫酸酸化，可洗去高锰酸钾的痕迹。

（4）5%～10%磷酸三钠（$Na_3PO_4 \cdot 12H_2O$）溶液：可洗涤油污物。

（5）30%硝酸溶液：洗涤CO_2测定仪器及微量滴管。

（6）5%～10%乙二胺四乙酸二钠（EDTA-Na_2）溶液：加热煮沸可洗涤玻璃仪器内壁的白色沉淀物。

（7）尿素洗涤液：为蛋白质的良好溶剂，适用于洗涤盛蛋白质制剂及血样的容器。

（8）乙醇与浓硝酸混合液：最适合于洗净滴定管，在滴定管中加入3ml乙醇，然后沿管壁慢慢加入 4ml 浓硝酸（比重 1∶4），盖住滴定管管口，利用所产生的氧化氮洗净滴定管。

(9) 有机溶剂：如丙酮、乙醇、乙醚等可用洗脱油脂、脂溶性染料等污痕。二甲苯可洗脱油漆的污垢。

(10) 氢氧化钾的乙醇溶液和含有高锰酸钾的氢氧化钠溶液：是两种强碱性的洗涤液，对玻璃仪器的侵蚀性很强，清除容器内壁污垢，洗涤时间不宜过长。使用时应小心慎重。

上述洗涤液可多次使用，但是使用前必须将待洗涤的玻璃仪器先用水冲洗多次，除去洗衣粉、去污粉或各种废液。若仪器上有凡士林或羊毛脂，应先用软纸擦去，然后用乙醇或乙醚擦净后才能使用洗液，否则会使洗液迅速失效。例如，肥皂水、有机溶剂（乙醇、甲醛等）及少量油污皆会使重铬酸钾硫酸洗液迅速变绿，减低洗涤能力。

（二）搅拌和振荡

(1) 配制溶液时，必须随时搅拌或振荡混合。配制完后，必须充分搅拌或振荡混合。

(2) 搅拌使用的玻璃棒，必须两头都烧圆滑。

(3) 搅棒的粗细长短，必须与容器的大小和所配制溶液的多少呈适当比例关系。不能用长而粗的搅棒去搅拌小离心管中的少量溶液。

(4) 搅拌时，尽量使搅棒沿着器壁运动，不搅入空气，不使溶液飞溅。

(5) 倾入液体时，必须沿壁器慢慢倾入，以免有大量空气混入，倾倒表面张力低的液体（如蛋白质溶液）时，更需缓慢仔细。

(6) 振荡溶液时，应沿着圆圈转动容器，不应上下振荡。

(7) 振荡混合小离心管中液体时，可将离心管握在手中，以手腕、肘或肩作轴，来旋转离心管；也可一手持离心管上端用另一手弹动离心管；也可用一手大拇指和食指持管的上端，用其余三个手指弹动离心管。手指持管的松紧要随着振动的幅度而变化。还可以把双手掌心相对合拢，夹住离心管，来回挫动。

(8) 在容量瓶中混合液体时，应倒持容量瓶摇动，用食指或手心顶住瓶塞，并不时翻转容量瓶。

(9) 在分液漏斗中振荡液体时，应一手在适当斜度下倒持漏斗，用食指或手心顶住瓶塞，并用另一手控制漏斗的活塞。一边振荡一边开动活塞，使气体可以随时由漏斗泄出。

(10) 研磨配制胶体溶液时，要使用杵棒沿着研钵的单方向进行，不要来回研磨。

（三）沉淀的过滤和洗涤

（1）过滤沉淀一般使用滤纸。

（2）应根据沉淀的性质选择不同的滤纸。絮状沉淀，应使用质松孔大的滤纸。一般大小颗粒的结晶状沉淀，应使用致密孔较小的滤纸。而极细的沉淀，则应使用致密孔最小的滤纸。滤纸越致密，过滤就越慢。

（3）滤纸的大小要由沉淀来决定，并不是由溶液的体积来决定。沉淀量应装到滤纸高度的 1/3 左右。最多不应超过 1/2，通常使用直径为 7～9cm 的圆形滤纸。

（4）折叠滤纸应先整齐的对折，错开一点再对折，打开后形成一边一层，一边三层的圆锥形体。折叠尖端时不可过于用力，以免容易出洞。放入漏斗时，滤纸边缘与漏斗吻合。撕去三层一边的外面两层部分的尖端，使滤纸上缘能更好的贴在漏斗的壁上，不留缝隙。而下面部分则有空隙以利于提高过滤速度。

（5）滤纸上缘一般应低于漏斗口上周 0.5～1cm。润湿滤纸时，应用指尖轻压滤纸，赶净滤纸和漏斗间的气泡，使滤纸紧贴漏斗壁。同时漏斗颈内必须充满液体，这样，才可借液柱的重量而对待滤液体产生吸滤作用。

（6）过滤时，为了防止沉淀堵塞滤纸的孔洞，通常采用倾泄法，即先小心地把溶液倾入漏斗而不使沉淀流入，只在过滤的最后一步才把沉淀转移到漏斗上。

（7）过滤时，将玻璃棒直立在三层滤纸中间部分，其下端接近但不能触及滤纸，并使盛器紧贴玻璃棒，使液体顺玻璃棒缓缓流入漏斗。液体最多加到距滤纸上缘 3～4mm 处，过多则沉淀会因滤纸的毛细管作用而爬到漏斗壁上去。

（8）在容器中洗涤沉淀一般采用倾注法。洗涤时，采用少量多次的方法最有效。通常，容易洗涤的粒晶形沉淀洗 2 或 3 次，难洗涤的黏稠无定形沉淀则需洗 5 或 6 次。注意，每次都应尽量倾干以增加洗涤效率，并防止沉淀流失。

（9）转移沉淀时，先向沉淀中加入滤纸一次所能容纳的洗涤液，搅拌成混悬液，不要等待沉淀下沉，立即按倾注清液的同样方式倾入漏斗。容器内剩余的沉淀可以用少量洗涤液按上述方法重复数次，直到全部转移到漏斗内。

（10）在漏斗内洗涤沉淀时，先将沉淀轻轻摊开在漏斗下部，再用滴管（或洗瓶）将洗涤液加入到漏斗上缘稍下的地方，同时转动漏斗，并使洗涤液沿着漏斗不断向下移动，直到洗涤液充满滤纸一半时，立即停止。待漏斗中洗涤液完全漏出后，再进行第二次洗涤。通常，完全洗去吸附的不挥发物，约需 8～10 次左右。确知沉淀已洗净需要进行必要的检验。必须注意，沉淀的过滤和洗涤工作一定要一次完成，不可间断。

（四）实验室常识

（1）挪动干净玻璃仪器时，勿用手指接触仪器内部。

（2）量瓶是量器，不要用量瓶作盛器。量瓶等带有磨口玻璃塞的仪器的塞子，不要盖错。带玻璃塞的仪器和玻璃瓶等，如果暂不使用，要用纸条把瓶塞和瓶口隔开。

（3）洗净的仪器要放在架子上或干净砂布上晾干，不能用抹布擦拭，更不能用抹布擦拭仪器内壁。

（4）不要用棉花代替橡皮塞或木塞堵瓶口或试管口。

（5）不要用纸片覆盖烧杯和锥形瓶等。

（6）不要用滤纸称量药品，更不能用滤纸做记录。

（7）不要用石蜡封闭精细药品的瓶口，以免掺混。

（8）标签纸的大小应与容器相称，或用大小相当的白纸，绝对不能用滤纸，标签上要写明物体的名称、规格、浓度、配制的日期及配制人。标签应贴在试剂瓶或烧杯的 2/3 处，试管等细长形容器则贴在中上部。

（9）使用铅笔写标记时，要在玻璃仪器的磨砂处，如用玻璃铅笔，则写在玻璃容器的光滑面上。

（10）取用试剂和标准溶液后，需立即将瓶塞严，放回原处。取出的试剂和标准溶液，如未用尽，切勿倒进瓶内，以免掺混。

（11）凡是发生烟雾、有毒气体和有臭味气体的实验，均应在通风橱内进行。橱门应紧闭，非必要时不能打开。

（12）用实验动物进行实验时，不许戏弄动物。进行杀死或解剖等操作，必须按照规定方法进行。绝对不能用动物、手术器械或药物开玩笑。

（13）使用贵重仪器如天平、比色计、离心机等时应十分重视，加倍爱护。使用前，应熟知使用方法。若有问题，随时请指导实验的人员解答。使用时，要严格遵守操作规程。发生故障时，应立即关闭仪器，请示报告，不得擅自拆修。

（五）容量仪器的使用和校正

1. 量筒

量筒为粗量器，不能用来配制标准溶液，仅能作粗略地度量液体体积。用量筒时，应根据所量溶液多少来选择，不可使用过大量筒量取较小体积，如用

500ml 量筒量取 5 或 10ml 溶液，显然误差太大。读数时，视线必须和溶液凹月面成一水平面不可过高过低，量筒为粗量器，无须校正。

2. 量瓶

(1) 量瓶的使用方法：量瓶用于配制一定体积的液体，主要用于制备标准溶液。瓶颈上有一刻度，加入液体达到此刻度时，就相当于瓶上所标明的温度（通常为 20℃）时的体积。使用量瓶时，不要把溶质直接倒入量瓶然后加水至刻度，而应使溶质首先在小烧杯中加少量水溶解，再把溶液沿玻璃棒引入量瓶。在量瓶内，可事先加水至体积 2/3 或 1/2。磨口的瓶塞，应事先检查是否漏水。盖上塞子后，用食指或手心顶住瓶塞，倒置量瓶，并不时摇动和翻转量瓶，以使溶液充分混匀，然后加水至刻度。

注意：①当添加液体接近量瓶刻度时，要换用滴管小心滴加至刻度；②若在溶解过程中放热，则必须待溶液冷却至室温后，再倒入量瓶内；若溶解时吸热，操作也相同；③配制蛋白质溶液时，应待蛋白质溶解后，沿壁缓缓加水至刻度，再混匀，以免出现大量泡沫，影响观察刻度；④量瓶不准加热，若某种物质需加热溶解，则必须事先在烧杯中进行，冷却后再倒入；⑤量瓶用毕要立即洗净，不必烘干；⑥不准用量瓶储存溶液，溶液应倒入试剂瓶中储存；⑦量瓶塞不得任意更换，用毕后必垫以纸条，将塞盖好；⑧有的量瓶颈上有两个刻度，上刻度为倾出液体的体积，称为卸量；下刻度表示容量，称为装量。

(2) 量瓶的校正方法：通常采用下述几种方法进行校正。①洗净容量瓶，自然干燥后称其重量，然后盛入蒸馏水至刻度处，用滤纸吸去附着于瓶颈内壁的水珠，再称其重量，按照水在校正温度下的密度求得其容量（称重准确至 0.01g 即可）。②洗净容量瓶晾干后称重，加入相当于准确容量的一定重量蒸馏水，观察其水面的凹月面是否恰在刻度上。若在刻度外，则用玻璃刀在凹月面切线处刻一条线代替原来的刻度。③将容量瓶洗净晾干，然后用移液管吸取蒸馏水放入容量瓶（如以 5ml 移液管校正 50ml 量瓶需取 10 次），待量瓶内之液面静止后，再用玻璃刀在凹月面处刻一切线，此线即代替原来的刻度。

3. 滴定管

滴定管有带玻璃塞的酸溶液滴定管和带橡皮管的碱溶液滴定管两种。不能用酸溶液滴定管装碱性溶液，以免把玻璃塞腐蚀。如必须使用，则用完必须立即用水洗净。常量滴定管，常用的有 25ml 及 50ml 两种。这两种滴定管的最小刻度单位是 0.1ml，滴定后读数时可以估计到小数点后两位数字，即液体体积可量至 0.01ml。半微量滴定管，常用的是 2ml 及 5ml 的滴定管，最小刻度单位是 0.01～0.02ml，读数可到小数点后第三位数字。

（1）滴定管在使用前的处理：①使用前要冲洗干净，重铬酸钾-硫酸洗液浸泡后，以自来水多次冲洗，再用蒸馏水冲洗2或3次。②将玻璃塞和活塞孔擦干，在活塞上涂一层凡士林，然后将活塞轻轻插入套孔。再旋转2或3次，使凡士林散开。注意，凡士林不能涂得太多，而把活塞小孔堵塞；也不能涂得太少，以免活塞不能润滑地转动，甚至遗漏溶液。涂好的活塞应当是润滑而透明的，然后，用橡皮圈扎好，以防活塞脱落。装好活塞后应当装满蒸馏水，检查活塞是否漏水，转动是否灵活。③用蒸馏水洗涤后，在使用前还必须用操作溶液再洗涤滴定管2或3次。④滴定管必须垂直，滴定台要以白瓷板或白纸衬托。

（2）滴定操作：①首先检查滴定管的出口管及其他部位有无气泡，如果有气泡要全部赶出。用滤纸吸去滴定管出口尖端外面的液滴。②滴定时左手控制玻璃塞，右手轻轻摇荡被滴定溶液的容器。③滴定时溶液必须慢慢地从滴定管滴出，不能太快，更不应呈液柱下流。滴定完成后，必须将出口尖端轻接触容器内壁，使悬而不下的一滴溶液也进入容器内。略停，再读数。读数时眼睛必须和溶液凹月面在一水平面上。④滴定完毕后，应将滴定管中溶液放出，用自来水冲洗后，再用少量蒸馏水洗涤1或2次，然后装满蒸馏水至刻度以上，并将上口罩好，以供下次使用。

（3）滴定管的校正：①首先装满蒸馏水，然后按其刻度滴出一定量的蒸馏水于已预先称好的洁净干燥的称量瓶中，再称其重量，最后根据温度、重量计算出体积。②将滴定管以橡皮管和一吸量管相连接，吸量管a至b的刻度已经用称量法确定，先将滴定管吸量管充满蒸馏水，并使滴定管中水凹月面与a线相切，然后打开弹簧夹，使水恰至b线，这时滴定管上之读数应相当于已确定的吸量管的容积，按上述操作反复进行，直到滴定管的最末读数。若吸量管a至b的容量经称量法确定为4.813真实毫升，而相应滴定管的读数为4.90，则滴定管每毫升等于4.813/4.90＝0.982真实毫升，假如第二次充满吸量管时降到9.78，则在这段滴定管每毫升真实毫升数为4.813/(9.78－4.90)＝0.986。

4. 吸管

吸管为精密卸量容器，生化实验中经常使用。

1）*移液管（单刻度吸管）*

（1）普通单标吸管：它的中部有一圆柱状空泡，只能量全量。当所量取的液体自行流出后，使吸管尖端在受器内壁上停留3～5s，所余少量液体不必吹出。因为其固定倾出容量已经检定。

（2）奥氏吸量管：它具有一相当大的卵形空球及一短小的出口。当将所量取的液体放出后，必须将遗留的管尖端的少量液体吹入受器内。某些奥氏吸量管带有玻璃塞。在所有的吸管中以奥氏吸量管的准确度最大，常用于定量实验。

2）吸量管（多刻度吸管）

（1）普通吸量管：它是直筒状吸管，其上有多个刻度。北京玻璃厂生产的吸量管，1ml 以下（不包括 1ml）都必须把尖端遗留的液体吹入受器内（新产品都注明有“吹”字）。1ml 以上（包括 1ml）不应吹出尖端遗留的液体，液体不再流出时，应使该管尖紧靠受器内壁一段时间，一级品为 15s，二级品为 3～5s，同时转动吸量管。

（2）莫氏吸量管：总量刻度在尖端上，卸放液体时按刻度进行。

3）吸管的使用

（1）对于多刻度吸量管，有刻度到尖端的和不到尖端的，有读数是从上而下的，也有读数是从下而上的。使用时必须看清楚，以免发生差错。

（2）执管时，要尽量拿上部，以食指堵住管口控制流量，刻度数字要向着自己。

（3）不论使用哪种吸量管，都应以食指堵住吸量管的小孔。当从液体中取出后，特别是吸取黏性大的液体时，必须先用滤纸将管的外壁擦干。泄放出需要的液体时，必须使管尖端轻轻触及受器的内壁。

（4）吸取溶液时要把吸量管插入适当的深度，避免吸空而将溶液吸入洗耳球内。浓酸、浓碱、有毒物严禁用口吸取。

（5）应根据不同的需要量选用适当的吸量管。例如，吸取 1.5ml 溶液时，以选用 2ml 吸量管为宜，而 5ml 和 10ml 的均不适用。若以 1ml 的吸取两次，则因误差机会增多也不适宜。

（6）读数时，管应垂直背对光线，眼睛与凹月面应在同一水平面上。

（7）吸管的洗涤：吸管用后，要以自来水冲洗数次。晾干后，以重铬酸钾-硫酸洗液浸泡 1 h 以上。如果是放入大量筒中浸泡，要注意在筒下应垫有玻璃纤维，并将吸管的尖嘴朝上。尖嘴部分若碰破残缺，则吸量不准；上口碰破残缺，则流量不易控制。均不宜使用，因此要细心保管。

4）吸管的校正

首先以分析天平称出带盖称量瓶重量，然后取洁净干燥的吸管吸取蒸馏水至刻度处，将蒸馏水卸入称量瓶内，盖好盖再称其重量，由前后两次的称量值求出吸管中水的重量，重复称量 2 或 3 次取其平均值，再按水在校正温度下的密度求得其校正体积。

5. 容量仪器的误差

目前我国生产的容量仪器，通常都符合规定的允许误差，在一般的生化分析工作（包括定性和定量实验）使用，足够准确，不需要进行校准。但是只有在准确度要求很高的分析工作中，才需要根据专门的规定和方法，检验和校准所用量器的容积。一般容量仪器的容积都是在 20℃下校准的。使用时如温度差异在 5℃以内，容积改变不大，可以忽略不计。

（六）离心机

在实验过程中，欲使沉淀与母液分开，有过滤和离心两种方法。在下述情况下，使用离心方法较为合适。

（1）沉淀有黏性。

（2）沉淀颗粒小，容易透过滤纸。

（3）沉淀量过多而疏松 。

（4）沉淀量很少，需要定量测定。

（5）母液黏稠。

（6）母液量很少，分离时应减少损失。

（7）沉淀和母液必须迅速分离开。

（8）一般胶体溶液。

离心机是利用离心力对混合溶液进行分离和沉淀的一种专用仪器。离心机的种类很多，但按照使用目的可分为两类，即制备型离心机和分析型离心机。前者主要用于分离生物材料，每次分离样品的容量比较大；而后者则主要用于研究纯品大分子物质，包括某些颗粒体如核蛋白体等物质的性质。每次分离的样品容量很少。一般的生化实验使用的离心机是制备型离心机。制备型离心机按其转速大小又可分为三类，即普通离心机、高速离心机和超速离心机。普通离心机大多是一种室温下操作的仪器，其最大速度约 6000 r/min，最大相对离心力近 6000 *g*。高速离心机的最大速度为 20 000～25 000 r/min，离心力达 89 000 *g*。超速离心机转速可高达 80 000 r/min，离心力可达 602 000 *g*。高速离心机和超速离心机一般都带有冷冻设备。在此只介绍生化实验室常使用的小型台式或落地式的普通离心机。离心机转数与相对离心力的换算见附图 2。

1. 操作

（1）使用前应先检查变速旋钮是否在“0”处。外套管应完整不漏，外套管底部需放有橡皮垫。

（2）离心时先将待离物质转移到大小合适的离心管内，盛量不宜过多（占管的 2/3 体积），以免溢出。将此离心管放入外套管，再在离心管与外套管间加入缓冲用水。

（3）一对外套管（连同离心管）放在台秤上平衡，如不平衡，可调整离心管内容物的量或缓冲用水的量。每次离心操作都必须严格遵守平衡的要求，否则将

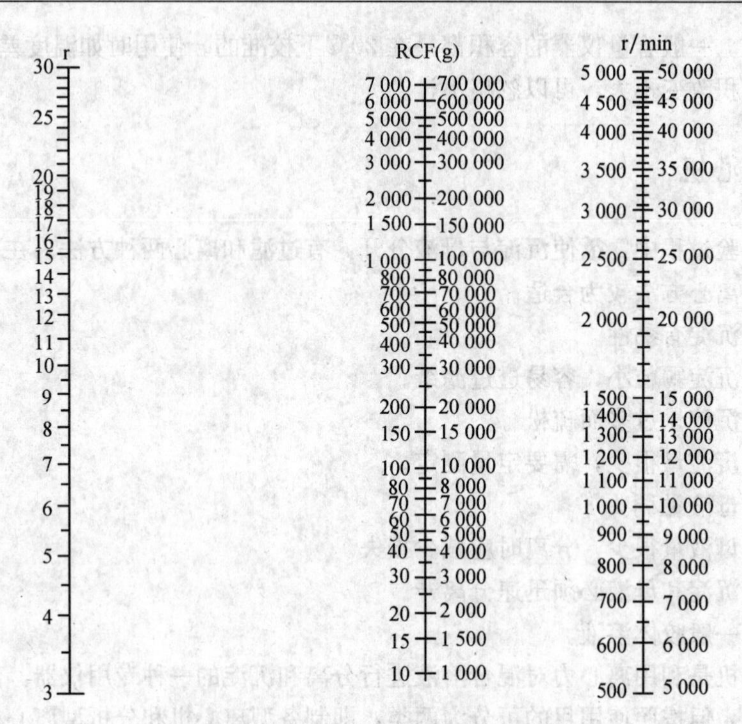

附图 2　离心机转数与离心力的列线图

会损坏离心机部件，甚至造成严重事故，应该十分警惕。

（4）将以上两个平衡好的套管，按对称方向放到离心机中，盖严离心机盖，并把不用离心套管取出。

（5）开动时，先开电门，定时后慢慢拨动旋钮，使速度逐渐增加。停止时，先将调速旋钮拨动到“0”，不继续使用时拔下插头，待离心机自动停止后，才能打开离心机盖并取出样品。

（6）用完后，将套管中的橡皮垫洗净，保管好。冲洗外套管，倒立放置使其干燥。

2. 注意事项

（1）离心过程中，若听到特殊响声，应立即停止离心。如果管已破碎，将玻璃碴冲洗干净（玻璃碴不能倒入下水道），然后换新管按上述操作重新离心。若管未破碎，也需要重新平衡再离心。

（2）有机溶剂和酚等会腐蚀塑料套管，盐溶液会腐蚀金属套管。若有渗漏现象，必须及时擦洗干净漏出的溶液，并更换套管。

（3）避免连续使用时间过长。一般大离心机用 40min 休息 20～30min，台式小离心机用 40min 休息 10min。

（4）电源电压应与离心机所需要的电压一致，才能通电使用。

（5）一年应检查一次离心机内电动离心机的电刷与整流子磨损情况，严重时应更换电刷或轴承。

（七）分光光度计

分光光度法是利用物质所特有的吸收光谱来鉴别物质或测定其含量的技术。因为分光光度法极为灵敏、精确、快速和简便，在复杂组分的系统中，不需要分离即能检查其中所含的极少量物质。因此分光光度法目前已成为生物化学研究中广泛使用的方法之一。

1. 原理

如果用加热、放电、射线照射等方法来激发物质，可使物质发光。物质所发射的光是据有电磁本质的物质，既有波动性，又有微粒性。光波和其他波一样，具有一定的频率（v）。不同单色光的颜色不同，就是因为其频率不同。但不同频率的光在真空中的传播速度（c）相同，都是 3×10^8m/s。根据光的速度（c）和频率（v）可以计算出它的波长（λ），即

$$\lambda = \frac{c}{v}$$

人眼可见的光只占电磁波谱的很小一部分，其波长范围是 400～760nm。在可见光以外，是人眼感觉不到的光波，如紫外光区，其波长为 200～400nm。波长低于 200nm 者叫远紫外光，波长再低者叫 X 射线、γ 射线；相反，波长大于 760nm 者叫近红外光、红外光、远红外光。电磁波按频率大小，从频率最小的无线电波到频率最大的 γ 射线，排成一列，即组成电磁波的波谱。在生物化学实验中常用分光光度计的光谱范围，包括 400～760nm 的可见光区和 200～400nm 的紫外光区。

钨灯光源所发出的光通过三棱镜折射后，在另一面的屏幕上可得到由红、橙、黄、绿、蓝、靛、紫组成的连续色谱。这个色谱就是钨灯的发射光谱。各种不同的光源都有其特有的发射光谱，因此可采用不同的发光体作为仪器的光源。如钨灯能发出 400～760nm 波长的光谱，可作为可见光分光光度计的光源。氢灯能发出 185～400nm 波长的光谱，可作为紫外分光光度计的光源。

如果在光源和棱镜之间放上某种物质的溶液，此时在屏幕上所显示的光谱已不再是光源的光谱，它出现了几条暗线。即光源发射光谱中某些波长的光因溶液吸收而消失。这种被溶液吸收后的光谱称为该溶液的吸收光谱。不同物质的吸收光谱是不同的。因此根据吸收光谱，可以鉴别溶液中所含的物质。

分子中的电子往往处于基态，但在一定条件下，它们可以获得能量，上升为激发态。为了使它们从基态跃迁到激发态，必须吸收一个恰好等于跃迁所需能量的量子来增加电子的能量。所以当光线穿过这一物质时，某些量子化的能即传递给这些物质，使它的电子提升到较高的能级状态。同样，当激发态的电子回到基态时，它发射出特征波长的辐射。能量与频率的关系式如下：

$$E = E_1 - E_2 = h\upsilon$$

式中，E 为分子吸收或发射的辐射能；E_1 为电子在起始能级的能量；E_2 为电子在最终能级的能量；h 为普朗克常量$=6.63\times10^{-34}$ J · s。

当光线通过某种物质的溶液时，透过光的强度减弱。因为有一部分光在溶液的表面反射或分散，一部分光被组成此溶液的物质所吸收，只有一部分光可透过溶液，即

$$\text{入射光} = \text{反射光} + \text{分散光} + \text{吸收光} + \text{透射光}$$

如果我们用蒸馏水（或组成此溶液的溶剂）作为“空白”去校正反射、分散等因素造成的入射光的损失，则

$$\text{入射光} = \text{吸收光} + \text{透射光}$$

式中，I_0 为经过空白校正后入射光的强度；I 为透射光的强度。

根据实验得知

$$I = I_0 \cdot 10^{-\varepsilon cl}$$

式中，c 为吸收物质的摩尔浓度；l 为吸收物质的光径，用厘米表示；ε 为吸收物质的摩尔消光系数，它表示物质对光的吸收特性，不同物质的 ε 数值不同。

所以

$$\frac{I}{I_0} = 10^{-\varepsilon cl}，\quad \text{令 } T(\text{透光率}) = \frac{I}{I_0} \text{ 所以 } T = 10^{-\varepsilon cl}。$$

由上式可得

$$\lg\frac{1}{T} = \varepsilon cl，\quad \lg\frac{1}{T} \text{ 称为物质的消光值}(E)\text{ 或光吸收值}(A)$$

所以 $E=\varepsilon cl$

上式说明了物质的光吸收与吸收物质的浓度和液层的厚度成正比。这就是 Beer-Lambert 定律。用于可见光及紫外光区域的吸收光谱仪，通常叫做分光光度计。用于红外光区域的吸收光谱仪，简称为红外光谱仪。

2. 国产 722 型分光光度计和 752 型分光光度计的使用

1）722 型光栅分光光度计

722 型光栅分光光度计能在近紫外、可见光谱区内对样品物质作定性或定量的分析。

(1) 仪器的工作环境

a. 该仪器安放在干燥的房间内，使用温度为5～35℃。

b. 使用时放置在坚固平衡的工作台上，且避免强烈震动或持续震动。

c. 室内照明不宜太强，且避免直射日光的照射。

d. 电扇不宜直接向仪器吹，以免影响仪器的正常使用。

e. 尽量远离高强度的磁场、电场及发生高频波的电器设备。

f. 避免在硫化氢、亚硫酸、氟化氢等腐蚀性气体场所使用。

(2) 仪器的主要技术指标及规格

a. 光学系统：单光速、衍射光栅。

b. 波长范围：330 ～800nm。

c. 光源：钨卤素灯（12V，30W）。

d. 接收元件：端窗式GD-31光电管。

e. 波长精度：±2nm。

f. 波长重现性：0.5nm。

g. 光谱带宽：6nm。

h. 杂散光：1%(T)(在360nm处)。

i. 透光率测量范围：0%～100%。

j. 吸光度测量范围：0～1.999。

k. 浓度直读范围：0～1999。

l. 光度精度：透光率线性精度 ±0.5%(T)。

吸光度精度 ±0.004(在0.5处)。

m. 透光率重现性0.5%(T)。

(3) 操作方法

a. 使用仪器前，使用者应该首先了解本仪器的结构和工作原理，以及各个操作旋钮的功能。在未接通电源前，应该对仪器进行检查，电源线接线应该牢固，通地要良好，各个调节旋钮的起始位置应正确，然后再接通电源开关。

b. 将灵敏度旋钮调置“1”档（放大倍率最小）。

c. 开启电源，指示灯亮，选择开关置于“T”，波长调置测试用波长。仪器预热20min。

d. 打开试样室盖（光门自动关闭），调节“0”旋钮，使数字显示为“00.0”，盖上试样室盖，将比色皿架处于蒸馏水校正位置，使光电管受光，调节透光率“100%”旋钮，使数字显示“100.0”。

e. 如果显示不到“100.0”，则可适当增加微电流放大器的倍率档数，但尽可能将倍率置低档使用，这样仪器将有更高的稳定性。但改变倍率后必须按d重新校正“0”和“100%”。

f. 预热后，按 d 连续几次调整“0”和“100%”，仪器即可进行测定工作。

g. 吸光度 A 的测量：按 d 调正“0”和“100%”后，将选择开关置于“A”，调节吸光度调零旋钮，使数字显示为“.000”，然后将被测样品移入光路，显示值即为被测样品的吸光度的值。

h. 浓度 C 的测量：选择开关由“A”旋置“C”，将已标定浓度的样品放入光路，调节浓度旋钮，使数字显示为标定值，将被测样品放入光路，即可读出被测样品浓度值。

i. 如果大幅度改变测试波长时，在调整“0”和“100%”后稍等片刻（因光能量变化急剧，光电管受光后响应缓慢，需一段光响应平衡时间），当稳定后，重新调整“0”和“100%”即可工作。

j. 每台仪器所配套的比色皿，不能与其他仪器上的比色皿单个调换。

k. 仪器数字后盖，有信号输出 0～1000 mV，插座 1 脚为正，1 脚为负接地线。

(4) 注意事项

a. 分光光度计必须放在固定而不受震动的仪器台上，不能随意搬动。严防震动、潮湿和阳光直射。

b. 盛待测溶液时，必须达到比色杯 2/3 左右不宜过多。若不慎使溶液流出比色杯外而，必须先用滤纸吸干，再用擦镜纸擦净才能放入比色槽内。移动比色槽要轻，以防溶液溅出，腐蚀机件。

c. 千万不可用手、滤纸、毛刷等物摩擦比色杯的光滑面。

d. 用完比色杯应立即用自来水冲洗，再用蒸馏水洗净。若上法洗不净时，用 5%的中性皂溶液或洗衣粉稀溶液浸泡，也可用新配制重铬酸钾-硫酸洗液短时间浸泡，立即用水冲洗干净。洗涤后可将比色杯倒置晾干或用滤纸将水分吸去，再用擦镜纸轻轻擦干。

e. 一般所配制的溶液浓度尽量使光吸收值在 0.1～0.7 范围以内进行测定。这样所测得的读数误差较小。如光吸收值超出 0.1～1.0 范围，可调整比色液浓度，适当稀释或加浓，使其在仪器准确度较高的范围内进行比色。

f. 测定其未知待测液时，先制作该溶液的吸收光谱曲线。每次读数后将空白杯推入光路，检流计指针仍位于透光率“100%”，则读数有效。

g. 放大灵敏度档的选择是根据不同的单色光波长，光能量不一致时分别选用。各档的灵敏度范围是：第一档×1 倍，第二档×10 倍，第三档×20 倍。原则是能使空白档良好地用光量调节器调整于 100%处。

h. 仪器连续使用时间不应超过 2h，每次使用后需要间歇半小时以上才能再用。

i. 每套分光光度计上的比色槽不得随意更换。

j. 分光光度计内放有硅胶干燥袋，需定期更换。

2）752 型光栅分光光度计

752 型光栅分光光度计能在紫外，可见光谱区域内对不同物质作定性或定量分析。

（1）仪器的工作环境

供给仪器的电源为 220V±10%，49.5～50 Hz，并必须装有良好的接地线。推荐使用交流稳压电源，以加强仪器的抗干扰性能。使用功率为 100W 以上的电子交流稳压器或交流恒压稳压器。

其他同 722 型分光光度计。

（2）仪器的主要技术指标及规格

a. 光学系统：单光速、衍射光栅。

b. 波长范围：200～850nm。

c. 光源：钨卤素灯（12V，30W），QD_4 型氢弧灯（或氘灯）。

d. 接收元件：端窗式 GD—33 光电管。

e. 波长精度：±2nm。

f. 波长重现性：0.5nm。

g. 光谱带宽：6nm。

h. 杂散光：1%（T）（在 220nm 处）。

i. 透光率测量范围：0%～100%。

j. 吸光度测量范围：0～1.999（A）。

k. 浓度直读范围：0～2000。

l. 光度精度：透光率线性精度 ±0.5%（T）。

吸光度精度 ±0.004A（在 0.5A 处）。

m. 透光率重现性 0.5%（T）。

（3）操作方法

a. 将灵敏度旋钮调置“1”档（放大倍率最小）。

b. 按“电源”开关（开关内 2 只指示灯亮）。钨灯点亮；按“氢灯”开关（开关内左侧指示灯亮）；氢灯电源接通，再按“氢灯触发”按钮（开关内右侧指示灯亮）；氢灯点亮。仪器预热 20min。

c. 选择开关置于“T”。

d. 打开试样室盖（光门自动关闭），调节“0%”（T）旋钮，使数字显示字为“000.0”。

e. 将波长置于所需要测的波长。

f. 将装有溶液的比色皿放置比色皿架中。（注意：波长在 360nm 以上时，可以用玻璃比色皿；波长在 360nm 以下时，要用石英比色皿）

g. 盖上样品室盖，将参比溶液比色皿置于光路，调节透光率“100”旋钮，使数字显示为100.0%（T）（如果显示不到100.0%（T），则可适当增加灵敏度的档数，同时应重复d，调整仪器的“00.0”）。

h. 将被测溶液置于光路中，数字显示器上直接读出被测溶液的透光率（T）值。

i. 吸光度A的测量：参照“d”和“g”，调整仪器的“00.0”和“100.0”。将选择开关置于“A”，调节吸光度调零旋钮，使数字显示为“.000”，然后将被测样品移入光路，显示值即为被测样品的吸光度的值。

j. 浓度C的测量：按选择开关由“A”旋置“C”，将已标定浓度的样品放入光路，调节浓度旋钮，使得数字显示为标定值，将被测样品放入光路，即可读出被测样品浓度值。

k. 如果大幅度改变测试波长时，需等数分钟后，才能正常工作（因波长由长波向短波或短波向长波移动时，光能量变化急剧，光电管受光后响应缓慢，需一段光响应平衡时间）。

l. 每台仪器所配套的比色皿，不能与其他仪器上的比色皿单个调换。

m. 仪器数字后盖，有信号输出0～1000mV，插座1脚为正，1脚为负接地线。

（4）注意事项

同722型光栅分光光度计。

（八）凝胶自动成像仪

主要介绍Tanon系列数码凝胶图像处理系统。

1. 用途

Tanon系列数码凝胶图像处理系统有助于研究人员正确、迅速地得到电泳照片和分析结果。帮助广大从事分子生物学和医院临床检验的研究人员摆脱繁琐操作过程，提高工作效率。应用于DNA/RNA电泳凝胶（EB染色）、蛋白质电泳胶、斑点杂交等方面分析。

2. 原理

Tanon系列数码凝胶图像处理系统把图像摄录、处理、打印一体化。采用高分辨率数码采集硬件（数码相机、CCD、COOL等），使得高质量、高清晰度凝胶图像的获取得到保证。采用高科技手段的系统硬件配置，全自动电脑控制，高度程序化，保证摄录凝胶图像在低照度下的灵敏度、不掉失条带。最大限度地控制EB污染，有效保障实验操作人员的健康。

3. 操作方法

（1）打开仪器电源。

（2）打开机箱门。

（3）将完成电泳的胶平置于透照平台上，关上机箱门。

（4）打开相应的透射或反射光源。

（5）调节镜头的光圈、变焦、焦距，使所拍摄的实验结果达到最佳，按电脑桌面上的拍摄键，拍下实验结果的图片，并保存至所需的文件夹内。

（6）退出拍摄界面。

（7）再次打开机箱门，取出电泳胶，并清洁透照平台。

（8）关闭仪器电源。

（9）如需对实验结果进行进一步分析，可打开分析软件进行。

4. 注意事项

（1）紫外线对人体有损伤，肉眼在无防护状态下请勿直接观察。

（2）透照平台在密闭的箱体内，拍摄完毕后请关闭相应的光源开关，以免造成仪器损坏。

（3）拍摄完毕后，需清洁透照平台表面，以免高盐缓冲液干后造成透照平台表面形成不易去除的污迹影响以后的图像效果。

附录 D　试剂的配制

（一）注意事项

（1）称量要精确，特别是在配制标准溶液、缓冲液时，更应注意严格称量。有特殊要求的，要按规定进行干燥、提纯等。

（2）一般溶液都应用蒸馏水或无离子水（即离子交换水）配制，有特殊要求的除外。

（3）化学试剂根据其质量分为各种规格（品级），一般化学试剂的分级见附表 1。

附表 1　一般化学试剂的分级

标准和用途	一级试剂	二级试剂	三级试剂	四级试剂	生物试剂
我国标准	保证试剂 G. R. 绿色标签	分析纯 A. R. 红色标签	化学纯 C. P. 蓝色标签	实验试剂 L. R.	B. R. 或 C. P.
国外标准	A. R. G. R. A. C. S. X. Y.	C. P. P. U. S. S. Puriss. Y. Ⅱ. A.	L. R. E. P. Y.	P. Pure	

续表

标准和用途	一级试剂	二级试剂	三级试剂	四级试剂	生物试剂
用途	纯度最高杂质最少适于精确分析和研究工作	纯度较高杂质较少适于实验室微量分析和研究工作	适于一般的微量分析和要求不高的分析和研究工作	纯度较低适用于一般定性检验	根据说明使用

另外还有一些规格，如纯度很高的光谱纯、层析纯，纯度较低的工业用，药典纯（相当于四级）等。

配制溶液时，应根据实验要求选择不同规格的试剂。

(4) 试剂应根据需要量配制，一般不宜过多，以免积压浪费，过期失效。

(5) 试剂（特别是液体）一经取出，不得放回原瓶。以免因量器或药勺不清洁而沾污整瓶试剂。取固体试剂时，必须使用洁净干燥的药勺。

(6) 配制试剂所用的玻璃器皿，都要清洁干净。存放试剂的试剂瓶应清洁干燥。

(7) 试剂瓶上应贴标签。写明试剂名称、浓度、配制日期及配制人。

(8) 试剂用后要用原瓶塞塞紧，瓶塞不得沾染其他污物或沾污桌面。

(9) 有些化学试剂极易变质，变质后不能继续使用。易变质和需用特殊方法保存的常用试剂见附表 2。

附表 2　需特殊方法保存的试剂

注意事项		试剂名称举例
需要密封	易潮解吸湿	氧化钙、氢氧化钠、氢氧化钾、碘化钾、三氯乙酸
	易失水风化	结晶硫酸钠、硫酸亚铁、含水磷酸氢二钠、硫代硫酸钠
	易挥发	氨水、氯仿、醚、碘、麝香草酚、甲醛、乙醇、丙酮
	易吸收 CO_2	氢氧化钾、氢氧化钠
	易氧化	硫酸亚铁、醚、醛类、酚、抗坏血酸和一切还原剂
	易变质	丙酮酸钠、乙醚和许多生物制品（常需冷藏）
需要避光	见光变色	硝酸银（变黑）、酚（变淡红）、氯仿（产生光气）
	见光分解	过氧化氢、氯仿、漂白粉、氢氰酸
	见光氧化	乙醚、醛类、亚铁盐和一切还原剂
特殊方法保管	易爆炸	苦味酸、硝酸盐类、过氯酸、叠氮化钠
	剧毒	氰化钾（钠）、汞、砷化物、溴
	易燃	乙醚、甲醇、乙醇、丙酮、苯、二甲苯、汽油
	腐蚀	强酸、强碱

需要密封的化学试剂，可以先加塞塞紧，然后再用蜡封口。有的平时还需要保存在干燥器内，干燥剂可以用生石灰、无水氯化钙和硅胶，一般不宜用硫酸。需要避光保存的试剂，可置于棕色瓶内或用黑纸包装。

（二）溶液浓度的配制

1. 百分浓度（简写%）

（1）重量与重量百分浓度［简写%（*W/W*）］，即每100g溶液中所含溶质的克数。

$$溶质(g)+溶剂(g)=100g\ 溶液$$

通常某溶液的浓度用百分浓度（%）表示时，指的就是重量百分浓度。试剂厂生产的液体酸碱，常以此法表示。

配制重量百分浓度溶液时：

a. 若溶质是固体

称取溶质的克数＝需配制溶液的总重量×需配制溶液的浓度

需用溶剂的克数＝需配制溶液的总重量－称取溶质的克数

例如，配制10%氢氧化钠溶液200g：

200g×0.10＝20g（溶质的重量）

200g－20g＝180g（溶剂的重量）

称取20g氢氧化钠加180g水溶解即可。

b. 若溶质是液体

$$应量取溶质的体积=\frac{需配制溶液总重量}{溶质的比重\times溶质的百分浓度}\times需配制溶液的浓度$$

需用溶剂的克数（或体积）＝需配制溶液总重量－(需配制溶液总重量×需配制溶液的浓度)

例如，配制20%硝酸溶液500g（浓硝酸的浓度为90%，比重为1.49）：

$$\frac{500}{1.49\times0.9}\times0.2=74.57ml$$

$$500-(500\times0.2)=400ml$$

量取400ml水，加入74.57ml浓硝酸混匀即可。

（2）质量与体积百分浓度［简写%（*m/V*）］，即每100ml溶液中所含溶质的克数。在实验中，有时按照这种表示法配制百分浓度的溶液。例如，配制1.0%NaOH溶液时，称取1.0g氢氧化钠，用水溶解，稀释到100ml。一般常用于配制溶质为固体的稀溶液。

（3）体积与体积百分浓度［简写%（*V/V*）］，即每100ml溶液中含溶质的毫升数。一般用于配制溶质为液体的溶液，如各种浓度的乙醇溶液。

2. 摩尔浓度（缩写mol/L）

摩尔浓度一般指的是体积摩尔浓度。即在1升（溶剂加溶质）溶液中含有溶质的摩尔数。若在 1 升溶液中含有 2 摩尔的溶质，其浓度为 2mol/L。

$$\text{摩尔浓度} = \frac{\text{溶质的重量(g)}}{\text{溶质的相对分子质量}}\text{(溶解后定容至 1000ml)}$$

计算公式：

称取溶质的克数=需配溶液的摩尔浓度×溶质的相对分子质量×需配制溶液的毫升数/1000

例如，配制 2mol/L 碳酸钠溶液 500ml（Na_2CO_3 的相对分子质量为 106）：

$$2 \times 106 \times 500/1000 = 106g$$

将 106g 无水碳酸钠溶解后，在容量瓶中稀释至 500ml。

如果以 1000g 溶剂中含有溶质的摩尔数表示溶液的浓度，则得重量摩尔浓度。其计算方法与前者类似。由于重量摩尔浓度的溶液中溶质和溶剂是以重量计算的，所以不受温度的影响。

3. 溶液浓度的调整

（1）浓溶液稀释法：从浓溶液稀释成稀溶液可根据浓度与体积成反比的原理进行计算，有

$$C_1 \times V_1 = C_2 \times V_2$$

式中，V_1 为浓溶液体积；C_1 为浓溶液浓度；V_2 为稀溶液体积；C_2 为稀溶液浓度。另外，还可以采用交叉法进行稀释，方法如下：

设浓溶液的浓度为 a，稀溶液的浓度为 b，要求配制的溶液浓度为 c。

```
a     X
 \   /
   c          c－b＝X      为 a 所需要的体积
 /   \        a－c＝Y      为 b 所需要的体积
b     Y
```

（2）稀溶液浓度的调整：同样按照溶液的浓度与体积成反比的原理，或利用交叉法进行计算，即

$$C \times (V_1 + V_2) = C_2 \times V_2 + C_1 \times V_1$$

式中，C 为所需要溶液浓度；C_1 为浓溶液的浓度；V_1 为浓溶液的体积；C_2 为稀溶液的浓度；V_2 为稀溶液的体积。

（3）溶液浓度互换公式：

$$\text{重量百分浓度(\%)} = \frac{\text{摩尔浓度} \times \text{相对分子质量}}{\text{溶液体积} \times \text{比重}}$$

$$\text{摩尔浓度(mol/L)} = \frac{\text{重量百分浓度} \times \text{溶液体积} \times \text{比重}}{\text{相对分子质量}}$$

（三）常用缓冲液的配制

由一定物质所组成的溶液，在加入一定量的酸或碱时，其氢离子浓度改变甚微或几乎不变，此种溶液称为缓冲液，这种作用称为缓冲作用，其溶液内所含物质称为缓冲剂。缓冲剂的组成多为弱酸及这种弱酸与强碱所组成的盐，或弱碱及这种弱碱与强酸所组成的盐。调节二者的比例可以配制成各种 pH 的缓冲液。

例如，某一缓冲液由弱酸（HA）及其盐（BA）所组成，它的解离方程式如下：

$$HA \rightleftharpoons H^+ + A^- \qquad BA \rightleftharpoons B^+ + A^-$$

若向缓冲液中加入碱（NaOH），则

$$HA + NaOH \longrightarrow \underset{\text{弱酸盐}}{NaA} + H_2O$$

若向缓冲液中加入酸（HCl），则

$$BA + HCl \longrightarrow BCl + \underset{\text{弱酸}}{HA}$$

由此可见，向缓冲液中加酸或加碱，主要的变化就是溶液内弱酸（HA）的增加或减少。由于弱酸（HA）的解离度很小，所以它的增加或减少对溶液内氢离子浓度改变不大，因而起到缓冲作用。

例一：乙酸钠（以 NaAc 表示）与乙酸（以 HAc 表示）缓冲液

加入盐酸溶液，其缓冲作用：

$$HAc + NaAc + HCl \longrightarrow 2HAc + NaCl$$

加入氢氧化钠溶液，其缓冲作用：

$$HAc + NaAc + NaOH \longrightarrow 2NaAc + H_2O$$

例二：磷酸钠与酸性磷酸钠缓冲液

加入盐酸溶液，其缓冲作用：

$$Na_2HPO_4 + Na_2HPO_4 + HCl \longrightarrow 2NaH_2PO_4 + NaCl$$

加入氢氧化钠溶液，其缓冲作用：

$$Na_2HPO_4 + Na_2PO_4 + NaOH \longrightarrow 2\ Na_2HPO_4 + H_2O$$

生物化学实验室中常用的某些缓冲液列在下表中。绝大多数缓冲液的有效范围约在其 p*Ka* 值的 1pH 单位左右。

酸或碱	pKa_1	pKa_2	pKa_3
磷酸	2.1	7.2	12.3
柠檬酸	3.1	4.8	5.4
碳酸	6.4	10.3	—

续表

酸或碱	pKa_1	pKa_2	pKa_3
乙酸	4.8	—	—
巴比妥酸	3.4	—	—
Tris（三羟甲基氨基甲烷）	8.3	—	—

选择实验的缓冲液系统时，要特别慎重。因为影响实验结果的因素有时并不是缓冲液的 pH，而是缓冲液中的某种离子。选用下列缓冲液系统时应加以注意。

硼酸盐：这个化合物能与许多化合物（如糖）生成复合物。

柠檬酸盐：柠檬酸离子能与钙离子结合，因此不能在 Ca^{2+} 存在时使用。

磷酸盐：可能在一些实验中作为酸的抑制剂甚至与代谢物起作用。金属离子能与此溶液生成磷酸盐沉淀，而且在 pH7.5 以上的缓冲能力很小。

Tris 缓冲液能在重金属离子存在时使用，但也可能在一些系统中起抑制剂的作用。它的主要缺点是温度效应（此点常被忽视）。室温时 pH7.8 的缓冲液在 4℃时的 pH 为 8.4，在 37℃时为 7.4。

因此一种物质在 4℃制备时到 37℃测量时其氢离子浓度可增加 10 倍之多。Tris 在 pH7.5 以下的缓冲能力很弱。

（1）乙酸-乙酸钠缓冲液（0.2mol/L，pH3.6～5.8）。

pH /18℃	0.2mol/L NaAc /ml	0.2mol/L HAc /ml	pH /18℃	0.2mol/L NaAc /ml	0.2mol/L HAc /ml
3.6	0.75	9.25	4.8	5.90	4.10
3.8	1.20	8.80	5.0	7.00	3.00
4.0	1.80	8.20	5.2	7.90	2.10
4.2	2.65	7.35	5.4	8.60	1.40
4.4	3.70	6.30	5.6	9.10	0.90
4.6	4.90	5.10	5.8	9.40	0.60

$NaAc \cdot 3H_2O$ 相对分子质量为 136.09；0.2mol/L 溶液含 27.22g/L。

HAc 相对分子质量为 60.05；0.2mol/L 溶液含 10ml/L。

（2）Tris-HCl 缓冲液（0.05mol/L，pH7.0～9.0）。

$x$ml 0.2mol/L Tris＋$y$ml 0.1mol/L HCl，加水至 100ml。

pH		0.2mol/L Tris	0.1mol/L HCl	pH		0.2mol/L Tris	0.1mol/L HCl
/23℃	/37℃	/ml	/ml	/23℃	/37℃	/ml	/ml
9.10	8.95	25	5.0	8.62	8.48	25	12.5
8.92	8.78	25	7.5	8.50	8.37	25	15.0
8.74	8.60	25	10.0	8.40	8.27	25	17.5

续表

pH /23℃	pH /37℃	0.2mol/L Tris /ml	0.1mol/L HCl /ml	pH /23℃	pH /37℃	0.2mol/L Tris /ml	0.1mol/L HCl /ml
8.32	8.18	25	20.0	7.77	7.63	25	35.0
8.23	8.10	25	22.5	7.66	7.52	25	37.5
8.14	8.00	25	25.0	7.54	7.40	25	40.0
8.05	7.90	25	27.5	7.36	7.22	25	42.5
7.96	7.82	25	30.0	7.20	7.05	25	45.0
7.87	7.73	25	32.5				

Tris（三羟甲基氨基甲烷）相对分子质量为 121.14；0.2mol/L 溶液含 24.23g/L。

（3）硼砂-硼酸缓冲液（0.2mol/L 硼酸盐，pH7.4～9.0）。

pH	0.05mol/L 硼砂 /ml	0.2mol/L 硼酸 /ml	pH	0.05mol/L 硼砂 /ml	0.2mol/L 硼酸 /ml
7.4	1.0	9.0	8.2	3.5	6.5
7.6	1.5	8.5	8.4	4.5	5.5
7.8	2.0	8.0	8.7	6.0	4.0
8.0	3.0	7.0	9.0	8.0	2.0

硼砂（$Na_2B_4O_7 \cdot 10H_2O$）相对分子质量为 381.43；0.05mol/L 溶液（＝0.2mol/L 硼砂）含 19.07g/L。

硼酸（H_3BO_2）相对分子质量为 61.84；0.2mol/L 溶液含 12.37g/L。硼砂的结晶水易丧失，故保存时必须置带塞的瓶中。

（4）甘氨酸-氢氧化钠缓冲液（0.05mol/L，pH8.6～10.6）。

x ml 0.2mol/L 甘氨酸＋y ml 0.2mol/L NaOH，加水至 200ml。

pH	0.2mol/L 甘氨酸 /ml	0.2mol/L NaOH /ml	pH	0.2mol/L 甘氨酸 /ml	0.2mol/L NaOH /ml
8.6	50	4.0	9.6	50	22.4
8.8	50	6.0	9.8	50	27.2
9.0	50	8.8	10.0	50	32.6
9.2	50	12.0	10.4	50	38.5
9.4	50	16.8	10.6	50	45.5

甘氨酸相对分子质量为 75.07；0.2mol/L 溶液含 15.01g/L。

（5）巴比妥-盐酸缓冲液（pH6.8～9.6）。

pH /18℃	0.04mol/L 巴比妥酸钠盐 /ml	0.2mol/LHCl /ml	PH /18℃	0.04mol/L 巴比妥酸钠盐 /ml	0.2mol/LHCl /ml
6.8	100	18.4	8.4	100	5.21
7.0	100	17.8	8.6	100	3.82
7.2	100	16.7	8.8	100	2.52
7.4	100	15.3	9.0	100	1.65
7.6	100	13.4	9.2	100	1.13
7.8	100	11.47	9.4	100	0.70
8.0	100	9.39	9.6	100	0.35
8.2	100	7.21			

巴比妥钠盐相对分子质量为206.2；0.04mol/L 溶液含 8.25g/L。

(6) 柠檬酸-磷酸氢二钠缓冲液（pH2.6～7.6）。

*x*ml 0.1mol/L 柠檬酸和 *y*ml 0.2mol/L 磷酸氢二钠混合。

pH /18℃	0.1mol/L 柠檬酸 /ml	0.2mol/L 磷酸氢二钠 /ml	pH /18℃	0.1mol/L 柠檬酸 /ml	0.2 mol/L 磷酸氢二钠 /ml
2.6	89.10	10.90	5.2	46.40	53.60
2.8	84.15	15.85	5.4	44.25	55.75
3.0	79.45	20.55	5.6	42.00	58.00
3.2	75.30	24.70	5.8	39.55	60.45
3.4	71.50	28.50	6.0	36.85	63.45
3.6	67.80	32.20	6.2	33.90	66.10
3.8	64.50	35.50	6.4	30.75	69.25
4.0	61.45	38.55	6.6	27.25	72.75
4.2	58.60	41.40	6.8	22.75	77.25
4.4	55.90	44.10	7.0	17.65	82.35
4.6	53.75	46.75	7.2	13.50	86.95
4.8	50.70	49.30	7.4	9.15	90.85
5.0	48.50	51.50	7.6	6.35	93.65

柠檬酸·H_2O 相对分子质量为 210.14；0.1mol/L 溶液含 21.01g/L。

Na_2HPO_4 相对分子质量为 141.98；0.2mol/L 溶液含 28.40g/L。

$Na_2HPO_4 \cdot 2H_2O$ 相对分子质量为 178.05；0.2mol/L 溶液含 35.61g/L。

(7) 柠檬酸-柠檬酸钠缓冲液（pH3.0～6.2）。

pH	0.1mol/L 柠檬酸 /ml	0.1mol/L 柠檬酸三钠 /ml	pH	0.1mol/L 柠檬酸 /ml	0.1mol/L 柠檬酸三钠 /ml
3.0	82.0	18.0	3.6	68.5	31.5
3.2	77.5	22.5	3.8	63.5	36.5
3.4	73.0	27.0	4.0	59.0	41.0

续表

pH	0.1mol/L 柠檬酸 /ml	0.1mol/L 柠檬酸三钠 /ml	pH	0.1mol/L 柠檬酸 /ml	0.1mol/L 柠檬酸三钠 /ml
4.2	54.0	46.0	5.4	25.5	74.5
4.4	49.5	50.5	5.6	21.0	79.0
4.6	44.5	55.5	5.8	16.0	84.0
4.8	40.0	60.0	6.0	11.5	88.5
5.0	35.5	65.0	6.2	8.0	92.0
5.2	30.5	69.5			

柠檬酸·H_2O 相对分子质量为 210.14；1mol/L 溶液含 21.01g/L。

柠檬酸三钠·H_2O 相对分子质量为 294.12；1mol/L 溶液含 29.41g/L。

(8) 氯化钾－氢氧化钠缓冲液（pH12.0～13.0）。

$x$ml 0.2mol/L KCl ＋$y$ml 0.2mol/L NaOH，加水至 100ml。

pH/25℃	0.2mol/L KCl /ml	0.1mol/L NaOH /ml	pH/25℃	0.2mol/L KCl /ml	0.2mol/L NaOH /ml
12.0	25	6.0	12.6	25	25.6
12.1	25	8.0	12.7	25	32.2
12.2	25	10.2	12.8	25	41.2
12.3	25	12.2	12.9	25	53.0
12.4	25	16.8	13.0	25	66.0
12.5	25	20.4			

氯化钾（KCl）相对分子质量为 74.56；0.2mol/L 溶液含 14.919g/L。

氢氧化钠（NaOH）相对分子质量为 40.0；0.2mol/L 溶液含 8g/L。

(9) 广泛缓冲液（pH2.6～12.0）。

每升混合液内含柠檬酸 6.008g，磷酸二氢钾 3.893g，硼酸 1.769g，巴比妥 5.266g。每 100ml 混合液滴加 $x$ml 0.2mol/L NaOH 至所需 pH（18℃）。

pH	0.2mol/L NaOH /ml	pH	0.2mol/L NaOH /ml	pH	0.2mol/L NaOH /ml
2.6	2.0	4.2	17.6	5.8	36.5
2.8	4.3	4.4	19.9	6.0	38.9
3.0	6.4	4.6	22.4	6.2	41.2
3.2	8.3	4.8	24.8	6.4	43.5
3.4	10.1	5.0	27.1	6.6	46.0
3.6	11.8	5.2	29.5	6.8	48.3
3.8	13.7	5.4	31.8	7.0	50.6
4.0	15.5	5.6	34.2	7.2	52.9

续表

pH	0.2mol/L NaOH /ml	pH	0.2mol/L NaOH /ml	pH	0.2mol/L NaOH /ml
7.4	55.8	9.0	72.7	10.6	83.9
7.6	58.6	9.2	74.0	10.8	84.9
7.8	61.7	9.4	75.9	11.0	86.0
8.0	63.7	9.6	77.6	11.2	87.7
8.2	65.6	9.8	79.3	11.4	89.7
8.4	67.5	10.0	80.8	11.6	92.0
8.6	69.3	10.2	82.0	11.8	95.0
8.8	71.0	10.4	82.9	12.0	99.6

（10）磷酸氢二钠-磷酸二氢钠缓冲液（0.2mol/L，pH5.8～8.0）。

pH	0.2mol/ 磷酸氢二钠 /ml	0.2mol/L 磷酸二氢钠 /ml	pH	0.2mol/L 磷酸氢二钠 /ml	0.2mol/L 磷酸二氢钠 /ml
5.8	8.0	92.0	7.0	61.0	39.0
5.9	10.0	90.0	7.1	67.0	33.0
6.0	12.3	87.7	7.2	72.0	28.0
6.1	15.0	85.0	7.3	77.0	23.0
6.2	18.5	81.5	7.4	81.0	19.0
6.3	22.5	77.5	7.5	84.0	16.0
6.4	26.5	73.5	7.6	87.0	13.0
6.5	31.5	68.5	7.7	89.5	10.5
6.6	37.5	62.5	7.8	91.5	8.5
6.7	43.5	56.5	7.9	93.0	7.0
6.8	49.0	51.0	8.0	94.7	5.3
6.9	55.0	45.0			

$Na_2HPO_4 \cdot 2H_2O$ 相对分子质量为 178.05；0.2mol/L 溶液含 35.61g/L。

$Na_2HPO_4 \cdot 12H_2O$ 相对分子质量为 358.14；0.2mol/L 溶液含 71.63g/L。

$NaH_2PO_4 \cdot H_2O$ 相对分子质量为 138.00；0.2mol/L 溶液含 27.6g/L。

$NaH_2PO_4 \cdot 2H_2O$ 相对分子质量为 156.03；0.2mol/L 溶液含 31.21g/L。

（11）磷酸氢二钠-磷酸二氢钾缓冲液（1/15mol/L）。

pH	1/15mol/L 磷酸氢二钠/ml	1/15mol/L 磷酸二氢钾/ml	pH	1/15mol/L 磷酸氢二钠/ml	1/15mol/L 磷酸二氢钾/ml
4.92	1.0	99.0	6.47	30.0	70.0
5.29	5.0	95.0	6.64	40.0	60.0
5.91	10.0	90.0	6.81	50.0	50.0
6.24	20.0	80.0	6.98	60.0	40.0

续表

pH	1/15mol/L 磷酸氢二钠/ml	1/15mol/L 磷酸二氢钾/ml	pH	1/15mol/L 磷酸氢二钠/ml	1/15mol/L 磷酸二氢钾/ml
7.17	70.0	30.0	8.34	97.5	2.5
7.38	80.0	20.0	8.67	99.0	1.0
7.73	90.0	10.0	9.18	100.0	0.0
8.04	95.0	5.0			

$Na_2HPO_4 \cdot 2H_2O$ 相对分子质量为 178.05；1/15mol/L 溶液含 11.876g/L。

KH_2PO_4 相对分子质量为 136.09；1/15mol/L 溶液含 9.078g/L。

（12）磷酸二氢钾-氢氧化钠缓冲液（0.05mol/L）。

$x$ml 0.2mol/L KH_2PO_4＋$y$ml 0.2mol/L NaOH，加水至 20ml。

pH/20℃	x/ml	y/ml	pH/20℃	x/ml	y/ml
5.8	5	0.372	7.0	5	2.963
6.0	5	0.570	7.2	5	3.500
6.2	5	0.860	7.4	5	3.950
6.4	5	1.260	7.6	5	4.280
6.6	5	1.780	7.8	5	4.520
6.8	5	2.365	8.0	5	4.680

（13）甘氨酸-盐酸缓冲液（0.05mol/L）。

$x$ml 0.2mol/L 甘氨酸＋$y$ml 0.2mol/L HCl，再加水至 200ml。

pH	x/ml	y/ml	pH	x/ml	y/ml
2.2	50	44.0	3.0	50	11.4
2.4	50	32.4	3.2	50	8.2
2.6	50	24.2	3.4	50	6.4
2.8	50	16.8	3.6	50	5.0

甘氨酸相对分子质量为 75.07；0.2mol/L 甘氨酸溶液含 15.01g/L。

（14）邻苯二甲酸氢钾-盐酸缓冲液（0.05mol/L）。

$x$ml 0.2mol/L 邻苯二甲酸氢钾＋$y$ml 0.2mol/L HCl，再加水至 20ml。

pH/20℃	x/ml	y/ml	pH/20℃	x/ml	y/ml
2.2	5	4.670	3.2	5	1.470
2.4	5	3.960	3.4	5	0.990
2.6	5	3.295	3.6	5	0.597
2.8	5	2.642	3.8	5	0.263
3.0	5	2.032			

邻苯二甲酸氢钾相对分子质量为 204.23；0.2mol/L 邻苯二甲酸氢钾溶液含 40.85g/L。

（四）常用酸碱试剂的浓度及比重

试剂	比重	摩尔浓度	重量百分比浓度
乙酸	1.05	17.4	99.7
氨水	0.90	14.8	28.0
盐酸	1.19	11.9	36.5
硝酸	1.42	15.8	70.0
高氯酸	1.67	11.6	70.0
磷酸	1.69	14.6	85.0
硫酸	1.84	17.8	95.0

参考文献

陈钧辉．2003．生物化学实验（第三版）．北京：科学出版社

陈小萍等．1999．影响动物肝糖原测定测定因素的分析．中国卫生检验杂志，9（4）：281～282

陈毓荃．2002．生化实验方法和技术．北京：科学出版社

董晓燕．2003．生物化学实验．北京：化学工业出版社

杜希华等．1996．分离乳酸脱氢酶同工酶的琼脂糖凝胶电泳方法改进．上海实验动物科学，16（3，4）：185

郭尧君．2001．蛋白质电泳实验技术．北京：科学出版社

郭勇．2005．现代生化技术（第二版）．北京：科学出版社

李如亮．1998．生物化学实验．武汉：武汉大学出版社

厉朝龙等．2000．生物化学与分子生物学实验技术．杭州：浙江大学出版社

梁宋平．2003．生物化学与分子生物学实验教程．北京：高等教育出版社

卢圣栋等．1999．现代分子生物学实验技术（第二版）．北京：中国协和医科大学出版社

史峰．2002．生物化学实验．杭州：浙江大学出版社

苏拔贤．1998．生物化学制备技术．北京：科学出版社

汪炳华．2002．医学生物化学实验技术．武汉：武汉大学出版社

汪家政等．2000．蛋白质技术手册．北京：科学出版社

王宪泽．2002．生物化学实验技术原理和方法．北京：中国农业大学出版社

王秀奇等．1999．基础生物化学实验（第二版）．北京：高等教育出版社

吴冠云等．2000．生物化学与分子生物学实验常用数据手册．北京：科学出版社

熊忠等．1996．简便快速肝糖原的分管光度测定法．生物学杂志，（4）：33

杨建雄．2002．生物化学与分子生物学实验教程．北京：科学出版社

张承圭等．1990．生物化学仪器分析及技术．北京：高等教育出版社

赵亚华．2000．生物化学实验技术教程．广州：华南理工大学出版社

赵永芳．2002．生物化学技术原理及应用（第三版）．北京：科学出版社

周顺五．1991．生物化学实验技术（生理生化专业用）．北京：北京农业大学出版社

周先碗，胡晓倩．2002．生物化学仪器分析与实验技术．北京：化学工业出版社

朱俭等．1981．生物化学实验．上海：上海科技出版社

Braford M M. 1976. A rapid and sensitive method for the quantitation quantities of protein utilizing the principle of protein-dye binding. Anal Biochem. 72：248～254

J. 萨姆布鲁克等．2002．分子克隆试验指南（第三版）．黄培堂等译．北京：科学出版社

Lowry O H et al. 1975. Protein measurement with the Folin Phenol reagent. J Biol Chem, 193：265